六朝松下

李　娜◎著

中国财富出版社有限公司

图书在版编目（CIP）数据

六朝松下百花谱 / 李娜著.— 北京：中国财富出版社有限公司, 2023.5
ISBN 978-7-5047-7889-5

Ⅰ.①六…　Ⅱ.①李…　Ⅲ.①散文集—中国—当代　Ⅳ.①I267

中国国家版本馆CIP数据核字（2023）第061453号

策划编辑 李彩琴　**责任编辑** 张红燕　杨白雪　**版权编辑** 李　洋
责任印制 梁　凡　**责任校对** 孙丽丽　**责任发行** 董　倩

出版发行 中国财富出版社有限公司
社　址 北京市丰台区南四环西路188号5区20楼　**邮政编码** 100070
电　话 010-52227588 转 2098（发行部）　010-52227588 转 321（总编室）
010-52227566（24小时读者服务）　010-52227588 转 305（质检部）
网　址 http: //www. cfpress. com. cn　**排　版** 宝蕾元
经　销 新华书店　**印　刷** 宝蕾元仁浩（天津）印刷有限公司
书　号 ISBN 978-7-5047-7889-5 / I・0362
开　本 710mm×1000mm　1/16　**版　次** 2023 年 8 月第 1 版
印　张 11　**印　次** 2023 年 8 月第 1 次印刷
字　数 228千字　**定　价** 88.00 元

观花十五载

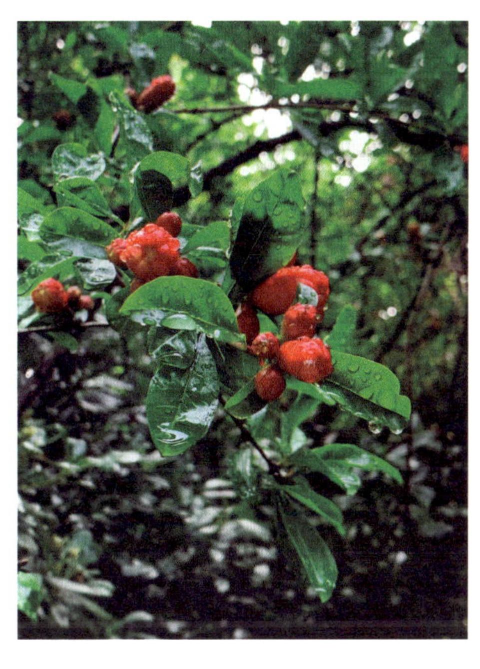

我从未想过会在花的面前流连十五年之久。2007 年之前若是对着一朵花看上 15 秒，或许都会嫌长，即便赤橙黄绿的它们有着天仙般的美貌。

能让我们的双眼去持久观察的东西并不多，眼睛乐得停留，需要某种契机。2007 年 5 月我站在东南大学医学院的门口等人，宾客迟迟未至，我就近走向了门前的花园，目光停在一朵石榴花上。那一刻我在带着雨水的石榴花瓣上感受到了直击心灵的美丽，观花之旅就这样开始了。没有可直接拍照识别植物的 App，门外汉能看的植物科普书也不多，十余年间我边看边认、边拍边写，慢慢认识了大约 300 种开花植物。

2017 年夏天，我在巴克内尔大学小住了一周，绣球、木槿、松果菊开得正盛，还有很多我不曾见过的奇葩，比如鹅耳枥、芙蓉葵、四照花，即便是我熟悉的绣球，在那里也是不同的品种与色彩。校园沿坡而下茂密的橡树林、图书馆前冠幅硕大的糖槭、诗人小径上的野棉花、校长府邸前的天蓝绣球、音乐厅外的山荆子……植物不但种类丰富，而且乔灌草比例恰当，或列植或丛生，栽种方式合宜。校园建筑是统一的英式红房子，每一栋楼周围都有属于自己的“楼花”，在外立面的最佳拍照角度，植物所处的位置恰到好处，可谓锦上添花。在按下快门前，你不必犹豫，想着怎样避开镜头里可能出现的垃圾桶、“严禁停车”的告示牌、纷乱如麻的电线团，尽管拍就好。徜徉在这片静谧美丽的校园，我第一次想到了“植物景观”，并拍下了这所大学及它所在的路易斯堡镇上的近百种开花植物。

2017 年暑假过后，我将整理出来的图册拿给校报的几位编辑看，他们笑问：你可拍过我们东南大学的植物？能不能将我们校园的花草介绍一下？我高兴地上了“贼船”，在《东南大学报》第八版开辟的《花开东南》一隅，开始了有趣的“作业”。2018 年 3 月至 2021 年 3 月，我在报纸上共介绍了 70 余种在东南大学种植的有代表性的开花植物。考虑到三个校区的开花植物分布情况以及报纸发行时最好要正值当期介绍的开花植物的花期，我常常每期会准备三四种备选植物，如此一来，连载结束时便积累下一份东南大学 260 余种开花植物的记录。三年的闲暇中，我去了玄武湖、南京中山植物园、药物园等地，又到了南京的十几所大学观察校园植物，从春花到夏果，从秋叶到冬枝，我渐渐对江南乡土植物、各个大学的特色植物有了初步印象。这段时间的观察和比较，也让我对东南大学具有代表性的植物、四季特色景观如数家珍。

当我走过东北大学、复旦大学、哈尔滨工业大学威海校区、台湾大学、南洋理工大学、剑桥大学、斯坦福大学的校园，欣赏着不同的建筑与园林风格，植物的来历、树种的变迁、标牌上的故事，让我体会到植物也可以是大学校园文化的传播者，而且是最美的那个。直白的叙述已经无法满足书写的需求，我来到了图书馆这个宝藏之地，有关植物、摄影、游记、生态、园林、建筑等方面的书我借阅了 300 多本。

在新加坡植物园、斯里兰卡皇家植物园的游历让我对东南亚热带植物有了五感接触，英国维多利亚和阿尔伯特博物馆（V&A 博物馆）外的绣球让我感叹中外爱花人对色彩的不同审美需求。花店里的花束充满了仪式感，大自然中的花则让人体会到生命的脆弱、有限、期待和抗争。成长、绽放、枯落，甚至被弃，让我从视觉的愉悦与心境的舒缓中感到时间的流淌和四季的节奏，那些让人怦然心动的美好瞬间也是发现自我、发现生命的刹那。

美与时空的交汇扩展了年份的意义。植物就是如此陪伴了我十五年。

李　娜

2023 年 1 月于东南大学丁家桥校区

目录

• 杠板归

蜡　梅 2
山　茶 4
雪　松 6
水　杉 8
石　楠 10
侧　柏 12
结　香 14
梅 16
桃与碧桃 18
棣棠花 20
玉　兰 22
紫　荆 24
樱　花 26
洒金桃叶珊瑚 28
垂　柳 30
湖北海棠 32

紫叶李 ____ 34
芸 薹 ____ 36
紫 藤 ____ 38
枫 杨 ____ 40
黑松、日本五针松 ____ 42
毛泡桐 ____ 44
鸡爪槭 ____ 46
墨西哥落羽杉 ____ 48
红花檵木 ____ 50
锦绣杜鹃 ____ 52

• 喜 树

• 紫 荆

绣球荚蒾、荚蒾 ____ 54
三角槭 ____ 56
棕 榈 ____ 58
鸢 尾 ____ 60
鹅掌楸、杂交鹅掌楸 ____ 62
麻 栎 ____ 64
苦 楝 ____ 66
雪 柳 ____ 68
山梅花 ____ 70
樟 ____ 72
六朝松 ____ 74

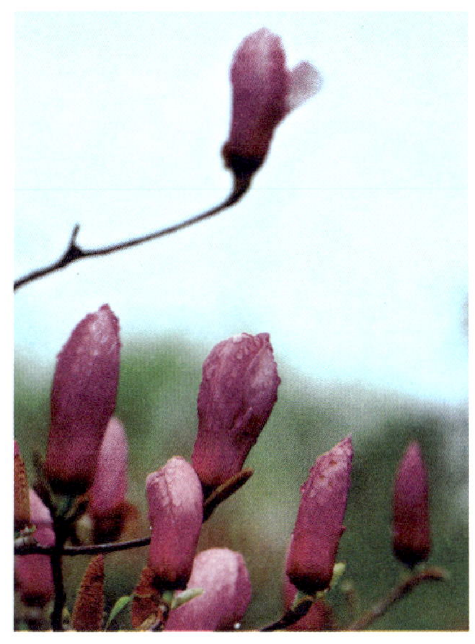

• 紫玉兰

罗汉松 76
现代月季 78
小　蜡 80
溲　疏 82
黄金树 84
七叶树 86
夹竹桃 88
金鸡菊 90
睡　莲 92
金丝桃 94

• 蜀　葵

石　榴 96
绣　球 98
合　欢 100
苏　铁 102
女　贞 104
厚萼凌霄 106
芭　蕉 108
梧　桐 110
莲 112
紫　薇 114
复羽叶栾 116

石　蒜 118
无患子 120
榔　榆 122
桂　花 124
何首乌 126
荻 128
构　树 130
乌　桕 132
八角金盘 134
二球悬铃木 136
枇　杷 140

• 火　棘

• 木芙蓉

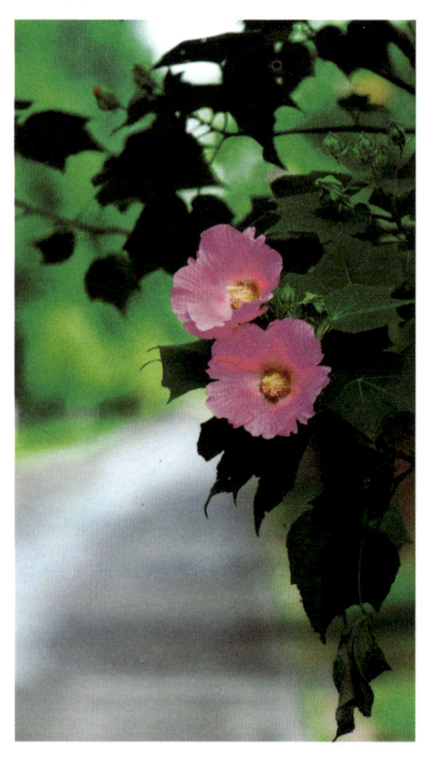

银　杏 142
地　锦 144
枫　香 146
意　杨 148
鲜花地毯 150
耕读园 152
东南大学校园植物简介 154
四牌楼校区赏花月历（十二景） 156
九龙湖校区赏花月历（十二景） 158
丁家桥校区赏花月历（十二景） 160
那些有关植物的漂亮的书 162
后　记 164
致　谢 167

百花谱
六朝松下

蜡 梅

科 属：蜡梅科 蜡梅属

• 花（2019 年 1 月拍摄于丁家桥校区运动场）

• 果（2020 年 6 月拍摄于丁家桥校区运动场）

蜡梅缀雪

蜡梅花瓣薄似蝉翼，色似蜜蜡，故名“蜡梅”。有人将它称作“腊梅”，概因其在腊月开花。其实蜡梅并非“梅”类，只因其花期与梅花花期相近而被称为“梅”。我一直认为东南大学老图书馆前的这丛蜡梅很美，若是赶上冬日飞雪，赏蜡梅便是一件快事，高大的爱奥尼式柱与端庄的张謇题字为这丛香花带来中西合璧的美。

校园里蜡梅有多个品种：四牌楼校区老图书馆前的是磬口梅，花黄而内轮泛红，香气清溢。礼西日新堂前有狗蝇梅，花期晚，花小，几近无香。丁家桥校区运动场和中心花园植有素心蜡梅，花大蕊白，香气甚浓，有时 12 月中旬即开，有时则晚至 1 月中旬才见花苞。

注：本书配图未加以说明者，皆为作者拍摄。

有一次见到叶子没有尽数落去，花便已开的情况，恰有组织部的老师在身旁经过，她便戏言："这是不遵守组织原则哦"，真是三句话不离本行呢。蜡梅花可提取芳香油；花蕾可入药。4 月下旬结实，果大而碧绿，渐熟为黑褐色，挂果直至下一个花期。明孝陵、玄武湖友谊厅（曾用名涵碧轩）、美龄宫、古林公园、红楼艺文苑以及南京农业大学皆是蜡梅的观赏佳地。

• 植物生境（2021 年 1 月拍摄于四牌楼校区老图书馆，丛婕摄）

山茶

科　属：山茶科　山茶属

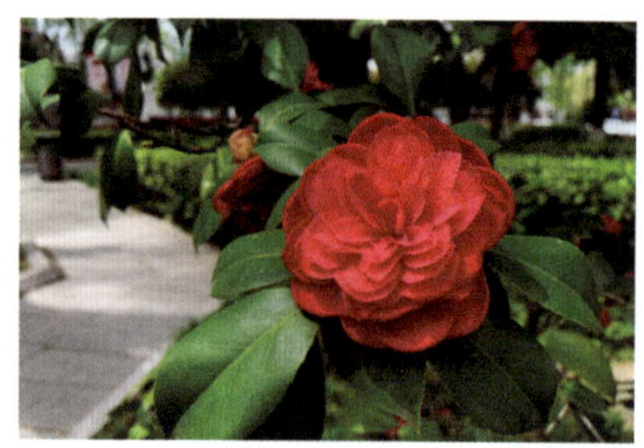

• 花（2020 年 4 月拍摄于四牌楼校区老图书馆）

“十八学士”

若说梅花是雪中之春，山茶则是雪中之夏，它色泽纯正而饱满、热烈且持久。作为原产中国的知名花卉，山茶有 2000 多个品种，花名层出不穷。赤丹、雪塔、嫦娥彩、六角白……单是听，便足以让人陶醉。南京药物园里有片山茶花专园，曾有介绍说园内种有十八学士、状元红等十余个名贵山茶品种，但因怕人偷，没有在树上对应标明，无法对照查看实乃憾事，但由此记住了“十八学士”的名字，盼望能够一睹娇容。

四牌楼校区老图书馆附近有几株山茶，品种不同让人大饱眼福。“大奖赏”花蕊密集成簇，似一把精致的刷子；“金盘荔枝”雄蕊瓣化，如托盘上放着一颗饱满的荔枝；“碧血丹心”形姿优美；“克瑞墨大牡丹”较为常见，花瓣翻卷如裙。

2020 年春，一对刚完成答辩的研究生情侣在涌泉池前请我帮他们拍合影。经过大礼堂时，我见到一株花期将尽的山茶花，低矮的枝头数个花朵残存，但还是走近去看了看，一瞥之下竟是寻觅已久的“十八学士”。立时后悔自己从前太过粗心，没有仔细观察。“十八学士”乃山茶的珍贵品种之一，以其花朵结构奇特，相邻两角花瓣排列多为 18 轮而得名。真正的十八学士是指李世民为秦王时罗致的房玄龄、陆德明等十八名文士，十八人分为三番，每日六人值宿，讨论文献，商略古今。

山茶植株生长缓慢、耐寒、少虫害、寿命久、品种多，花既可药用又可酿蜜，有“十德花”的美誉。小仲马、金庸和可可·香奈儿都对它情有独钟。茶树也是山茶属植物，每到初冬人们在紫金山的步道上散步，还能不时遇见茶树上疏散的白花，单瓣淡香，不温不火。在南京东郊茶厂附近可见茶树与梅间隔栽种，互取花香。

• 植物生境（2020 年 4 月拍摄于四牌楼校区大礼堂）

雪 松

科 属：松科 雪松属

• 雄花（2020 年 10 月拍摄于九龙湖校区西门，丛婕摄）

南京的市树

“大雪压青松，青松挺且直。要知松高洁，待到雪化时。”陈毅元帅的《青松》最是令人熟悉，初读此诗感觉有些直白，直到经历 2018 年的三场大雪，才意识到那飘然而落的雪片堆积在屋顶和树枝上是很有分量的，这才体会到诗中真义，感受到雪松的可贵。

四牌楼校区大礼堂旁的雪松已近耄耋之年，高大苍绿，但数量较少，比不得周围悬铃木的强大气势，存在感较弱，雪后覆霜的林景在丁家桥校区更有观赏性。基一楼南侧的雪松树姿如塔，看似蓬松的枝干有效遮蔽了光线，其下因得不到足够的光照而几乎停止生长的葱莲很清楚地说明了这一点。30 年前读书时还曾借此地“占卜”：考试前将书平放在手上，全凭风吹来定问答题的重点。这是不是人类自远古时期以来，体现对大树崇拜之情的新版本？而今再望，却是想着能否以 3D 打印技术制作一盏雪松松枝样式的壁灯！雪松在秋季也是美的，夕阳为它披上金涛，仰望如入大海，恍然又觉得轻柔蓬松如毯，将人包裹。

雪松原产于喜马拉雅山，南京于民国时期从日本及印度引种雪松，截至1996年，南京全市已有定植雪松15万余棵[①]，是国内雪松数量最多的城市之一。一座以高温闻名的城市，市树（雪松）和市花（梅花）却都是极为耐寒的。成年的雪松大枝平展，小枝略下垂，多为雌雄异株，花期不同。雄花在南京已是少见，果实更为稀罕。2022年夏天，意外在南京创意中央科技文化产业园和玄武湖见到了雪松的新果，几十个小球停在枝头。若能捡到一颗，我一定珍藏。

• 果（2022年7月拍摄于南京创意中央科技文化产业园，丛婕摄）

雪松木质松软，防潮，从其叶、果中蒸馏得到的精油具有木质香气和松脂淡香，是很多男士香水的基调。

• 植物生境（2019年1月拍摄于丁家桥校区基一楼）

① 内容来自：《雪松：有雪没雪都活得放松》，郭煜，2020-9-30。

水 杉

科 属：柏科 水杉属

远方飘来的“蝴蝶酥”

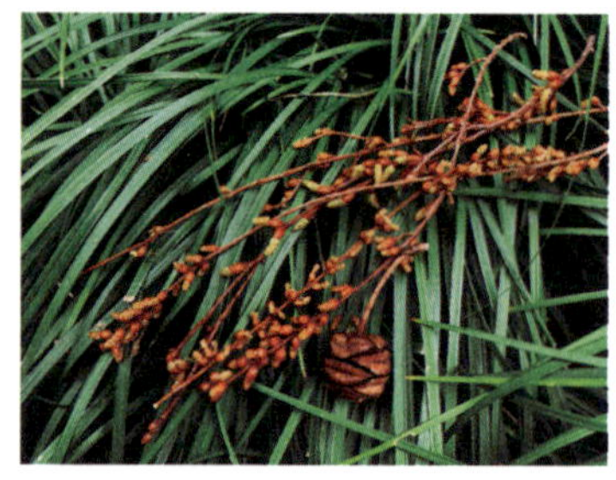

• 落花与果实（2020 年 3 月拍摄于丁家桥校区学生宿舍）

四牌楼校区建筑以民国风格为主，壮观的悬铃木与民国建筑成就了景色优美的中央大道，但校内栽种最多的大乔木却是水杉。河海院与出版社（指南京东南大学出版社，后文同）之间有块四方空地，略有起伏的坡上一侧是八角金盘的灌木丛和白玉兰，另一侧是列植的水杉。很静美的地方，但

• 植物生境（2020 年 4 月拍摄于四牌楼校区河海院）

似乎少点什么，我一时也未想明白。某天，答案终于戏剧性地来临。那天天气很是晴朗，悬铃木的秋叶正好，校园里有很多人在拍照。时近正午，我早已饥肠辘辘，手机电量也即将耗尽，但还是走到了这片水杉前。天空有片云飘忽而来，它“走”得很快，变幻着身形，几秒后忽然成为一片蝴蝶酥的模样，逼真而硕大，瞬间就喂饱了我的眼，它继续变幻着，匆匆而去。我待在原地，回味中忽然了悟：原来这里的美只待一片云来！

• 植物生境（2019 年 11 月拍摄于四牌楼校区河海院）

石 楠

科 属：蔷薇科 石楠属

一臭遮百美

俗话说“一白遮百丑”，石楠却是一臭遮百美。浓密的复伞房花序散发着浓烈的“臭”，奇特的气息让很多人对它望而却步。面对大自然赋予的这一神奇属性，你若进一步观察，便能发现石楠的四季之美。春寒料峭的二月是观赏石楠的好时候，冬雨让落地的红叶更加润泽，富于变化的叶脉显现各种不同的图案，枝上新生的嫩叶和花苞如一把把半开的小扇挺立着。此时在室外虽然仍会感觉手脚微凉，但已无冬季的萧瑟，春的脚步已经临近。

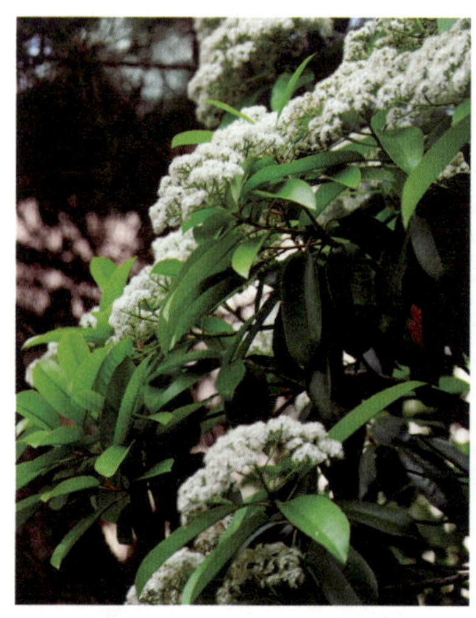

• 花（2019 年 4 月拍摄于四牌楼校区礼东路，丛婕摄）

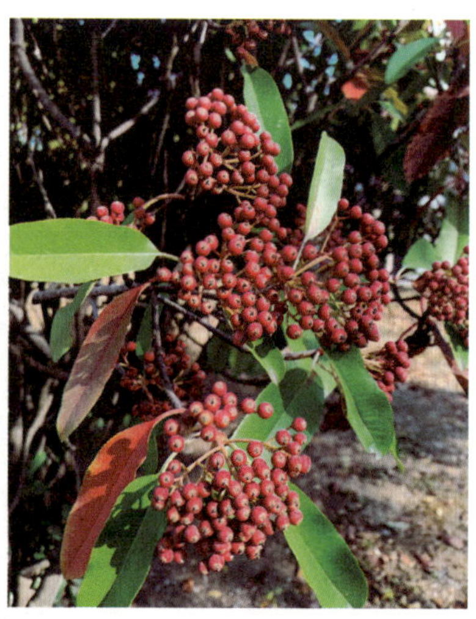

• 果（2018 年 11 月拍摄于丁家桥校区后勤楼）

学校三个校区都种有石楠，但九龙湖校区（后文简称湖区）种植石楠的数量和品种最多。湖区工培中心附近有棵石楠树冠如塔，绿叶油亮，每到花期，去岁的旧叶如丝绒绶带衬托着白色花团，颇引人注目。湖区中央大道的红叶石楠修剪成球状，近一人高，春天新叶萌发如新染的红发，甚为靓丽。四牌楼校区礼东路的石楠浑圆硕大，直落于地，花团众多。丁家桥校区的石楠原本健硕，虽然近年它们被附近的雪松遮蔽了日照，生长放缓，但那里仍是个晨读的好地方。

石楠花叶果皆有观赏性，实为绿化的优良树种。龙蟠路人行道两侧的绿植便以石楠为主，春季搭乘公交车去东郊风景区，可以一路欣赏。山西路军人俱乐部入口处有两棵石楠为南京市古树名木，树龄已逾 80 岁。

• 植物生境（2020 年 2 月拍摄于丁家桥校区雪松林旁）

侧 柏

科 属：柏科 侧柏属

邻里关系很重要

四季常青的植物常常令人忽略它们的存在，留意侧柏全因它的两位芳邻（侧柏立在一棵开白花的湖北海棠与一棵开粉花的垂丝海棠之间）。2019 年春，满树的垂丝海棠花依旧笑春风，而娇羞的湖北海棠却了无消息，于是我每次经过总会多看几眼，盼望它能早日复苏，没想到这一看，不但看到了侧柏的花，而且看出了邻里关系的重要性。

侧柏的果实如豌豆般大小，墨绿的球果表面覆盖着一层白霜，外伸的小爪令一贯严肃的侧柏显出一些顽皮。我时常想，侧柏既然能结果，那该有花吧，但它的花在哪儿呢？侧

• 雌花（2019 年 4 月拍摄于丁家桥校区中心花园）

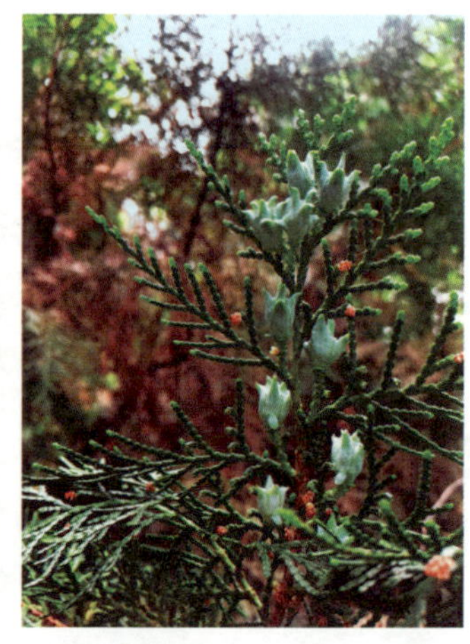

• 果（2019 年 4 月拍摄于丁家桥校区中心花园）

柏确实开花，且雌雄同株，但花非常细小，稍不留意就会错过。侧柏属于裸子植物，它们的球花与被子植物的花全然不同，我先是将雄花当作了枯叶，又将雌花当作了雄花，直至第三次翻看一本植物志后才恍然大悟，彻底将它认个清楚。侧柏叶平展如掌，以此直观有别于圆柏。掌叶末梢的两三毫米如涂了金粉，微微闪光，那并非枯叶，而是新生的雄花，用手轻触，很易掉落，在指间轻捻立即化为粉末，散发着好闻的柏木香。十天过后，一些叶梢可见三四毫米大的黄绿小点，很是稚嫩，那便是侧柏的雌花。

侧柏为中国特产树种，耐寒、耐旱，对污浊的空气具有很强的耐力，是北方常用的庭院植物。它的身上可能会有锈孢子寄生越冬，虽对柏树而言伤害不大，但对周围的梨、海棠、苹果等植物则危害颇大，所以不能靠近栽种，这或许就是那棵湖北海棠干枯的原因。如此看来，彼此保持一定距离，不但可以产生美，更是生存的必需了。

• 雄花（2019 年 3 月拍摄于丁家桥校区中心花园）

结 香

科 属：瑞香科　结香属

• 植物生境（2019 年 3 月拍摄于四牌楼校区结构试验室）

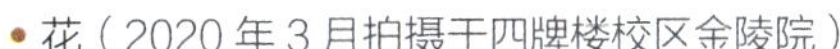
• 花（2020 年 3 月拍摄于四牌楼校区金陵院）

氛围的表达

我越来越喜爱校园生活了，尤其是开学的日子，春风拂面，一切有了新的开始。蜡梅已近尾声，梅花正盛，结香则香气四溢。“我听见回声，来自山谷和心间　以寂寞的镰刀收割空旷的灵魂　不断地重复决绝，又重复幸福……”泰戈尔说的就是这种感受吧。

遇到结香，可以感受到植物在不同的环境中所表达的不同氛围。初识结香在南京梅花谷，结香掺杂在梅花丛中，在梅之暗香中浮动着结香张扬的香，新鲜而强烈。再会结香在南京大学赛珍珠纪念馆前，它地处校园一隅，楼宇遮阴，透出古朴的怀旧氛围。三见结香在四牌楼校区结构试验室，鹅黄的毛绒花团表达出新春的喜悦。

结构试验室门楣上有黑底镏金的大字，我虽不懂书法，但看着这字俊朗沉稳，便好奇地四处打听其来历。“四牌楼校区正门上的校名，四个大字集自王羲之书法。老图书馆与中大院正门上的字乃建楼时即有。其他楼宇门楣上的字皆是 20 世纪 80 年代统一制作的，由当时学校电教中心徐志瑞老师从鲁迅手稿中挑选，后期摹刻而成。浦口校区各个楼宇上的字同样来自鲁迅手稿。”通电话时，时巨涛教授将这些字的来源娓娓道来，终于让我找到答案。

结香在园艺种植方面多以观花为主，树形多被修剪为球状。每到 11 月初，花蕾萌发，历经寒冬，翌年 3 月初开放，叶子在花开之后逐渐长出。结香的茎皮纤维可作为高级纸张及人造棉原料。枝条柔软，可供编筐。

梅

科 属：蔷薇科　杏属

• 植物生境（2022 年 2 月拍摄于九龙湖校区梅园，丛婕摄）

• 花（2019 年 3 月拍摄于九龙湖校区梅园，丛婕摄）

• 果（2020 年 9 月拍摄于九龙湖校区教学楼，丛婕摄）

虽已读你千百遍，
却仍是春之不倦。
你的花蕊如款款真情，
细细密密吐露芬芳。
你那胭脂浓的红妆格外张扬，
大张旗鼓地秀着你侬我侬。
我想偷走你的梨白翠墨，
我想卷起你的朱萼叠锦，
初春的万千宠爱皆在你一身，
片刻的南柯一梦，
今夕又复何夕！

桃与碧桃

科　属：蔷薇科　李属

桃园、梅园、榴园与杏园

桃，原产我国，《诗经·国风·魏风·园有桃》即有记载："园有桃，其实之殽。"《礼记》中也有记载桃被列为祭祀供奉五果之一。桃的英文 peach，由拉丁学名 persica 演绎而来，意为桃源于波斯，实乃发现之误。桃花品种现有 3000 多种，中国作为桃的故乡，有四分之一以上的品种。北京植物园收集的桃花品种有 70 余种，为世界观赏桃花品种最多的专类园。碧桃，又名千叶桃花，是桃树的变种，色彩更加丰富艳丽。

桃在我国被长期栽培，意蕴丰富：桃花之娇美，常用来比拟美人面庞；桃红柳绿，引画家和诗人挥毫咏叹；果实多汁味美，却能二桃杀三士，离间人心；"桃"与

• 碧桃植物生境（2015 年 4 月拍摄于九龙湖校区九曲桥，丛婕摄）

• 桃植物生境（2015 年 4 月拍摄于九龙湖校区纪忠楼，丛婕摄）

如今这片桃花美景却是没有了，只在记忆中矣，湖畔码头和化学化工学院尚有散植的数棵桃树。

“逃”同音，民间百姓便给桃木赋予逃凶避祸的含义。国内不同地域出产的桃亦有不同：无锡出水蜜桃，山东产蟠桃，溧阳黄桃出名，甘肃则以油桃为著。近年来，流行的美容饮品牛奶红枣桃胶，其主要成分之一——桃胶就是采集于桃树枝干上的胶状物质。东晋陶渊明的《桃花源记》一出，桃源便是自由和快乐的代名词。金庸的武侠小说《射雕英雄传》中武林高手黄老邪以桃花岛主自称，逍遥不已。清代曹雪芹最是立意独特，创作出哀婉的黛玉葬花和桃花诗结桃花社的故事，用娇艳的桃花来展现闺中女儿的悲情与才情，强烈的对比更加引人共鸣。

蔷薇科植物在学校四牌楼、九龙湖、丁家桥、浦口四个校区的开花植物中都占有绝对优势，且学生宿舍的命名也是以它们为主。2019 年卓越大学联盟多校区管理工作联席会在东南大学四牌楼校区召开，言及四牌楼校区有榴园、莘园，九龙湖有梅园、桃园、橘园，这些名字与桃李天下、开花结果的美好寓意相连，来宾们听后赞叹有特色。私以为丁家桥的宿舍也可斟酌改为杏园，丁家桥校区以医学学科、生命学科为主，内有杏林大道，正合杏林行医的传统，又可与东南大学整体相融。目前梅园宿舍附近种有近百棵梅花，榴园宾馆种有十余棵石榴。若是在这些宿舍附近都栽种对应的树种，名副其实就更好了。此乃爱花人的一番畅想。

棣棠花

科　属：蔷薇科　棣棠花属

• 单瓣的花（2019 年 4 月拍摄于丁家桥校区学生宿舍）

• 植物生境（2019 年 4 月拍摄于丁家桥校区学生宿舍）

• 复瓣的花（2019 年 4 月拍摄于丁家桥校区学生宿舍）

望春风

说起棣棠，我未见其花，先识其名。一位好友开公司，为了取名翻看古书，及至《诗经・小雅・常棣》篇，其中有言："常棣之华，鄂不韡韡。凡今之人，莫如兄弟。"爱之不已，便用了"棣华"二字，寓意兄弟情谊。

2015 年在九龙湖校区南门外的秣陵杏花村第一次见到棣棠，它们在水边的低矮灌木丛中，绽开的重瓣花球分散在细嫩的柔枝上。2018 年在四牌楼校区五四楼前再遇，周围还有少量的迎春花。2019 年在丁家桥校区三遇，这是最为美丽的一丛了。围成半圆的灌木很是茂密，不但有单瓣的，还有重瓣的，色彩也从黄到白，乃至混色。微风拂过，花枝轻颤的样子，让人想到闽南歌谣《望春风》：十七八岁的少女爱在心内，如弹琵琶，被春风吹得诳骗了无知。

《望春风》有很多版本，从凤飞飞的抒情慢板到邓丽君的欢快节奏，从肯尼基的悠扬萨克斯到小提琴的柔婉细腻，乃至交响乐团浑厚宏大的叙事版；此曲亦能合唱，中国台北小学生的合唱版声音稚嫩，唱得生动有趣，东南大学的大学生合唱团也曾演唱此曲，青春的和声带来更加丰富的听觉层次。能演绎出如此不同的效果，这首闽南歌谣堪称经典。

在南京，棣棠每年开花两次，但秋季花较为少见。

玉　兰

科　属: 木兰科　玉兰属

滚滚红尘

• 白玉兰植物生境（2021 年 3 月拍摄于四牌楼校区大礼堂，丛婕摄）

梅花过后就是玉兰的天下。白玉兰、二乔玉兰、紫玉兰渐次开放，高雅且张扬。对玉兰产生印象，最初并非来自它的花，而是来自电影《滚滚红尘》。片头被困在家中的沈韶华近乎歇斯底里地大声念叨着：“玉兰又名白玉兰，又叫望春花，因为它的花洁白如玉，清香似兰，故称玉兰。”后来看《步步惊心》，知道了屈原的名句：“朝饮木兰之坠露兮，夕餐秋菊之落英”，从中体会到它的高洁和君子的洁身自好。再后来读张爱玲对玉兰的描绘，感其花落之后一地污，暗叹其晚节不保。及至在梅花谷和古林公园见到大片的玉兰，才真正体会到玉兰的美和魅力，那时觉得唯有文徵明的“绰约新妆玉有辉，素娥千队雪成围”最得神韵。

南京城里有太多的玉兰，从小区庭院内到公园里、马路边，处处都有白玉兰和二乔玉兰的大树，一俟花期，很是引人注目。校园里的白玉兰也很多，几个校区皆有栽种，尤以四牌楼校区居多，绚烂时如白鸽满枝，

• 二乔玉兰植物生境（2019 年 3 月拍摄于九龙湖校区机械工程学院）

转瞬一地落英，或庄重或文艺，极有画面感。

二乔玉兰由白玉兰和紫玉兰杂交而来，因其花为双色且粉中带白，命名时便借用了三国时期江南二乔美女的典故。九龙湖校区机械工程学院楼下有两行二乔玉兰尤其令人印象深刻。2015 年春，初到湖区便被花海吸引过去，潮湿的泥土中有白板铺就的小径，歪歪斜斜蜿蜒而去，细看竟是装修棚顶的废弃之物，真是物尽其用。更有人将高矮不一的树枝做成木篱桩插在路边，油菜花星罗棋布，一派田园风格就此呈现！百米花径深深浅浅，粉白一片，逆光中尤为美艳。遂将这二乔玉兰在心中定为机械工程学院的楼花，甚至想着学校的每一栋楼都有“楼花”才好。学院若以投票方式选出植物种类，师生每年栽种一些，假以时日，当学生们再回母校，那便是一片充满记忆的校友林。

紫 荆

科　属：豆科　紫荆属

一半是火焰，一半是海水

你喜欢王朔的小说吗？刚上大学时王朔的小说正流行，图书馆里可以借到数本。王朔的书里很多看似不羁的小人物，骨子里却有着爱憎分明的侠气正义。我们同宿舍的 8 个女生经常人手一本，一个晚上便翻完，第二天再彼此交换，这是从未有过的阅读速度。

时隔 20 年，初见紫荆花时竟联想到王朔的小说《一半是火

焰 一半是海水》，或许是因花红与周围叶绿的颜色互补。紫荆先叶开花，艳丽的玫红小花密生于新枝，紧贴枝干，远望如京剧里穆桂英的翎子头饰，向天直上。温度渐升，枝上长出近圆形新叶，如一颗心捧出；入夏后荚果众多，显出豆科植物的特征；叶色在秋凉中转黄，脉络清晰，也不乏动人之处。

香港的市花也唤作紫荆，实为红花羊蹄甲，又名洋紫荆，与灌木紫荆不同，其花大而美丽，为豆科羊蹄甲属植物。1880 年，在中国香港，一个法国人首次发现了这种乔木。1965 年，它被选为香港市花。在广州市内还可见很多高大的宫粉羊蹄甲，花枝娇艳，全年开花，但以 3 月最盛。

• 花（2018 年 3 月拍摄于丁家桥校区基一楼）

• 植物生境（2021 年 3 月拍摄于九龙湖校区行政楼）

樱 花

科 属：蔷薇科 樱亚属

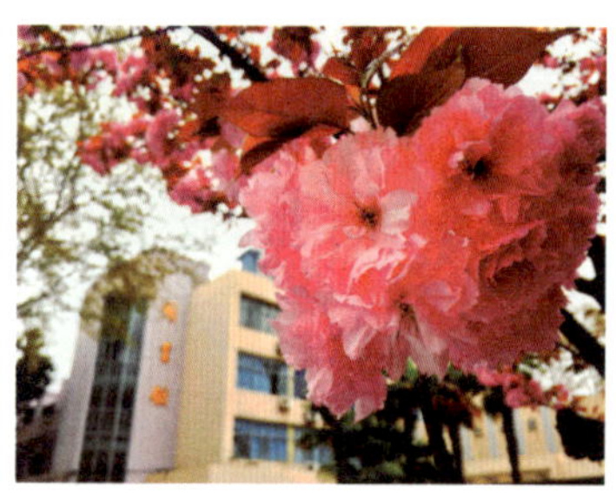

• 日本晚樱（2019 年 4 月拍摄于丁家桥校区后勤楼）

• 普贤象（2012 年 4 月拍摄于丁家桥校区中心花园）

• 御衣黄（2018 年 3 月拍摄于四牌楼校区礼东花园）

樱之美

南京人为吃美食不怕排队，追起花来也毫不含糊，2020 年新冠肺炎疫情时期，仍有近 9000 人戴着口罩奔向鸡鸣寺的樱花大道，摩肩接踵只为在那 200 米的坡道上一睹芳颜。离鸡鸣寺不远的四牌楼校区前工院楼下有更为高大美丽的樱花树，花在窗外，伸手可触，成为最美的“樱花教室”。进香河路那边的综合楼外也有樱花，老师们说那是最美的“樱花办公室”。

四牌楼校区、丁家桥校区、九龙湖校区皆有樱花，且种类丰富。早樱染井吉野集中在四牌楼校区前工院、九龙湖校区化学化工学院楼下与丁家桥校区中心花园，树大花繁，晨光斜照，光影如雪。花期居中的樱桃主要在梅庵和出版社附近，数棵成林，每年结果。大岛樱地处僻静的九龙湖校区南门水岸和北门医院附近，粉中带绿，花叶同开，较之壮观的早樱另有一番变色之美。日本晚樱数量最多，主要在四牌楼校区，它是樱花中最为花团锦簇的品种，艳而不俗，满是春意。丁

• 染井吉野（2022 年 3 月拍摄于四牌楼校区前工院，丛婕摄）

家桥校区的一棵晚樱上还长出一盘灵芝，难以置信吧？我最爱普贤象和御衣黄，它们是晚樱中的奇葩，枝条孱弱，色彩柔和，雨后细观回味无穷。

梅与樱，有人将它们分别作为中、日文化的植物象征，其实中国拥有很多樱花的野生品种。南京作为十朝都会，两种花木均有大量栽种，鸡鸣寺、明孝陵、玄武湖、药物园、莫愁湖、幕府山都是观赏胜地。人们在如潮花海中驻足，沉醉于或天真自然、或闲和静穆的花朵中，秾丽中有素淡，寻美中有哲思。故人的文章印痕于心，诗意几重？

洒金桃叶珊瑚

科　属：丝缨花科　桃叶珊瑚属

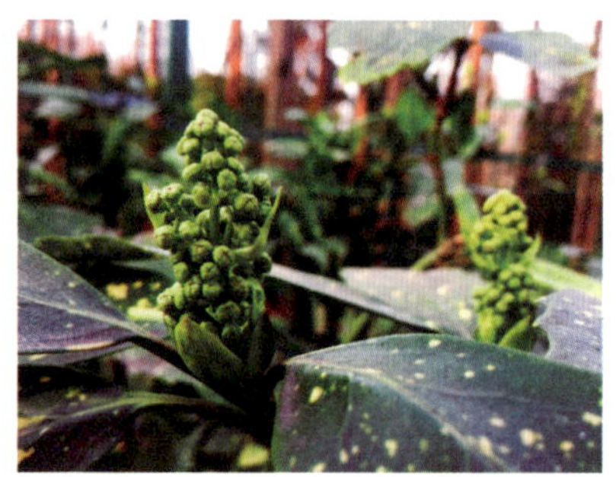

• 花蕾（2019 年 3 月拍摄于南京中山植物园门外）

有高度，有花果

• 果（2019 年 3 月拍摄于四牌楼校区图书馆）

植物的花与叶若在主色中点缀着其他颜色，常常用“洒金”来形容，如洒金碧桃。单看“洒金”二字很容易让人联想到写春联的红纸。2017 年寒假前老干部处组织有书法特长的退休教师在三个校区巡回写春联送福字，通红的洒金宣纸上还印有龙凤团花。我在食堂与这些长者相遇，每每在春联之外另有收获：第一年只能看出墨色的虚实，第二年体会到育人的润物无声，第三年感悟老有所为。

初识洒金桃叶珊瑚在南京中山植物园，小木牌上写着“花叶青木”，枝叶分叉处有五六颗果实，或青绿，或浅红，也有成熟泛黑表皮皱缩的。一时记下，再搜寻分辨，才知道它有更美的别名：

洒金桃叶珊瑚。

洒金桃叶珊瑚原产于中国台北和日本，极为耐阴，四季常绿，对烟尘和大气污染抗性强，因而常被选为乔木下或背阴处的绿化物种。学校四牌楼校区图书馆、前工院、中山院以及丁家桥校区公卫楼附近都有大片栽种。它革质的叶片黄绿翠美，边缘有粗锯齿，3 月初，偶尔可见一两颗去年岁末结的小枣似的红色果实。2019 年 3 月去南京中山植物园赏樱，邂逅了含苞待放的洒金桃叶珊瑚的圆锥花序，直立向上，碧绿细巧，目测植株高度约 130 厘米，自然生长为球状小灌木。若是学校里种植的洒金桃叶珊瑚能保留如此高度，或许也可以见到开花。

• 植物生境（2019 年 3 月拍摄于丁家桥校区公卫楼）

垂柳

科　属：杨柳科　柳属

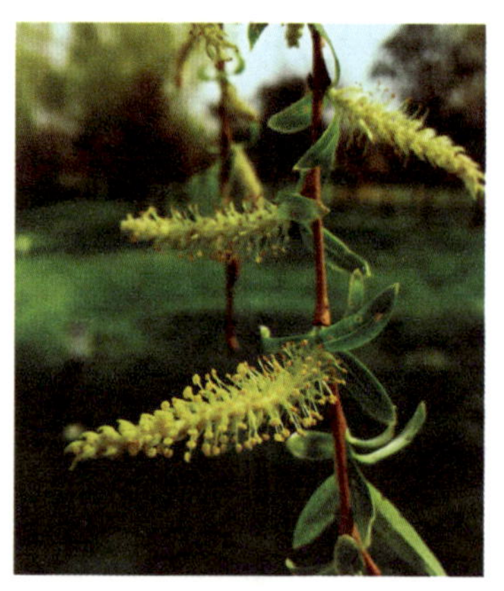

• 花（2019 年 3 月拍摄于九龙湖校区纪忠楼）

春花代表

眼睛带给心的快乐，心却无法用笔去表达。第一次见到柳花，想寻一个生动的词去形容，然语塞。只好用《诗经・小雅・采薇》里的描写来抒发心怀，“昔我往矣，杨柳依依。今我来思，雨雪霏霏。”不同于北方的旱柳，江南的柳多为垂柳，依水而栽，又杂以桃杏，得桃红柳绿之景。三月春风吹拂，菀菀细柳如丝，任谁看了都会发起诗兴。柳树原产于中国，易于成活，栽种历史悠久，兼有寄托思念之情之意，因而成为唐诗宋词中被歌咏得最多的植物之一。“咏絮之才”是对女子才华的赞美，《红楼梦》中对林黛玉和薛宝钗的判词即“可叹停机德，堪怜咏絮才”。生活中极为常见的柳条筐结实耐用，从柳树皮中提取的水杨酸是阿司匹林的主要原料之一。如此熟悉的柳啊，空对你漫天飞舞的絮，竟不知你能开花。

2018年，草长莺飞时奔向湖区拍紫叶李，绕到两江北路的三孔桥，看到了那片熟悉的红花酢浆草，大片的绿毯仿佛在向我招手，靠近些，再靠近些。清晨的光散落在细嫩的柳枝上，最柔和的风将它们吹得晃动起来，在眼前轻摇慢摆，让人陶醉于“候馆梅残，溪桥柳细”。一瞥到柳叶之间的茸毛，色近黄绿，这是柳树的花吗？那一刻的顿悟让心间充满了快乐，柳花于是成了那日的大奖。从此，我对柳科植物的花序有了认识，一个个都似小毛刷，它的学名是“柔荑花序”。

坡下的码头边有棵更大的柳，树冠圆阔，自由自在立于天地间。纪忠楼、图书馆、文科楼周围也有成排的柳，倒映在水面上，如同烟雨墨画。隔岸观望，心中不禁忽生一念：南京林业大学有樱花可寻，南京理工大学有二月兰可追，这柳便是我们东南大学的春花代表！没有公园的桃杏嫣红与喧嚣热闹，只有纯粹的一抹绿意，恰是学府的宁静悠远和欧阳修笔下的春空之境。

• 植物生境（2019年3月拍摄于九龙湖校区纪忠楼）

湖北海棠

科　属：蔷薇科　苹果属

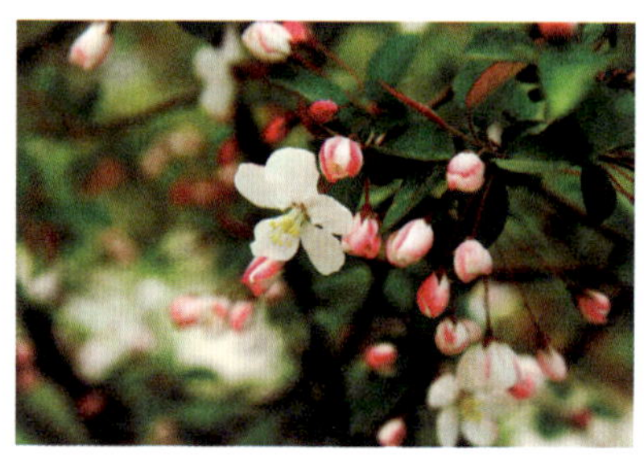

• 花蕾（2013 年 3 月拍摄于丁家桥校区综合楼前）

湖北姑娘

新冠疫情让人感叹岁月静好是多么的难得。2020 年的和煦春风中，能望着满园花开的人是多么的幸福。粉白一树的湖北海棠啊，你可知庚子年的抗疫之战何其艰难！

儿时对湖北的印象来自孝感麻糖。上学后在《黄鹤楼》的诗句中想象着“晴川历历汉阳树，芳草萋萋鹦鹉洲”的美景。到了大学，同宿舍来自五湖四海的八个女生中有一位湖北姑娘，她是我们的第一任宿舍长，虽生得瘦弱但学习劲头十足，每每考试结束她都自认考得不好，成绩出来却常常是第一。她的普通话总带着浓浓的湖北味儿，一如我的东北腔。30 年后她更有哲思风范，既能在微信小群里耐心分析，也能在自己创立的企业中引领发展。每在校园里见到湖北海棠便想起她，

• 果（2021 年 12 月拍摄于四牌楼校区桃李园，丛婕摄）

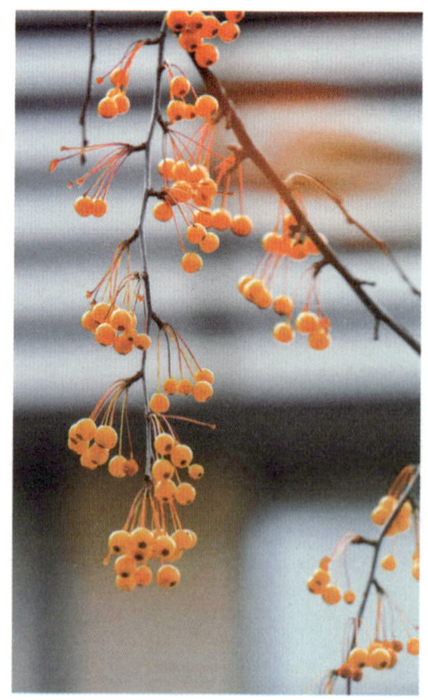

以及宿舍里的种种记忆。

湖北海棠是垂丝海棠的近亲，花色独特，花蕾最初如胭脂淡扫，逐渐一树雪白，常有黑蝴蝶在花丛里纷飞曼舞。春花之后还有美丽的秋果，青绿的果串垂坠，横者如秤砣，纵者似铃铛。好奇的人不但“拔了秤”，还“吃了砣”，其中的酸味也是非凡。在湖北当地，它的嫩叶可以代茶，属于别具一格的花红茶。下一个春天，不妨一试。

• 植物生境（2020 年 3 月拍摄于丁家桥校区金川河畔）

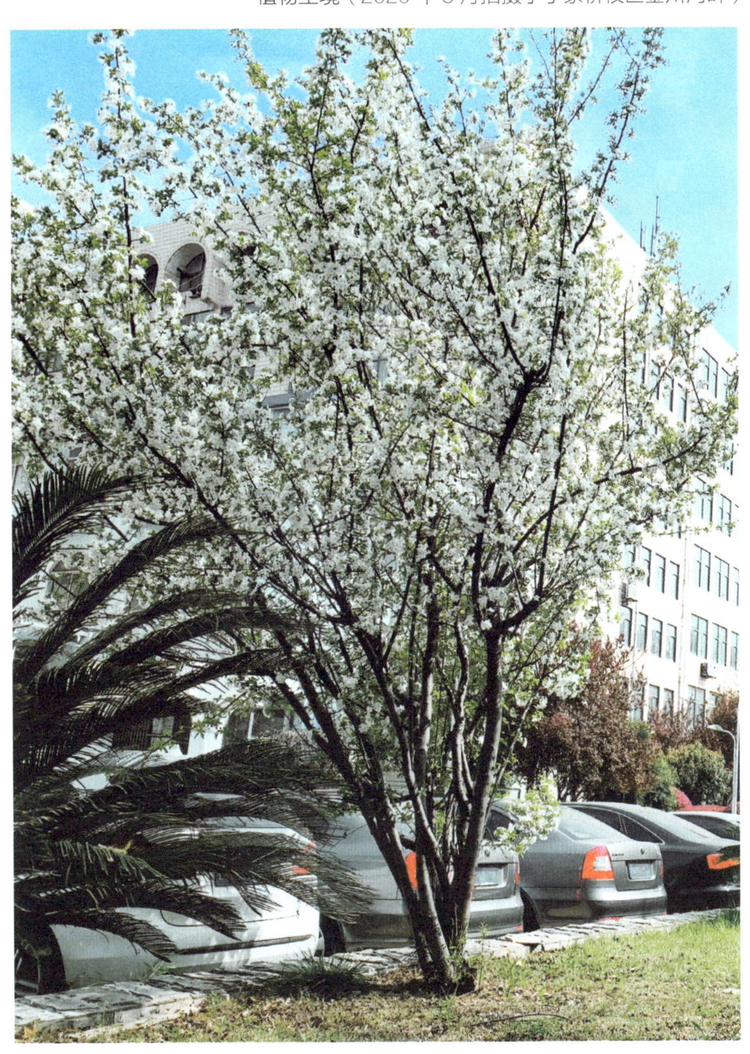

紫叶李

科　属: 蔷薇科　李属

湖区特产

春天的画卷在玉兰围雪、嫩柳垂岸中缓缓展开，满城的樱花、遍野的二月兰更激发了人们郊游的兴致。花期同步的紫叶李，以其暗调的红叶展现着低调的美，因而少有人关注。紫叶李，又名红叶李，叶色常年暗红，春可观花秋可观叶。花虽繁但色不及樱，果虽多但甜不及李，叶虽红但赤不及枫，然而这并不妨碍它的独特、美丽。在南京，紫叶李已是龙蟠路的主要行道树种之一。学校九龙湖校区的两江北路、南京校友林、文科楼附近也多有种植。

初识其花，是在丁家桥校区的雪松林边。上午的阳光穿过楼宇的间隙，集中照在紫叶李的树梢，满树细密的小花，白得透亮，婆娑间混合着主调的白、浅淡的粉与似有若无的紫，新生的叶在暗黄中带着些许的褐绿。春风的微凉一如这花树的清新，令人精神爽朗。再食其果，是在九龙湖校区。有老师从行政楼下摘来一脸盆的红果子与大家分享，果子并不大，看着还没熟透，大胆吃下去，甜度有限，酸度无限，很是考验牙齿。三望其叶，在四牌楼榴园门外的进香河路与老图书馆前。虽已入秋，叶子并未被吹落许多，薄雾中的红在逆光中有一种化不开的深沉醇厚，与鸡爪槭、乌桕和枫香的红都不同，它是暗调的红，

• 花（2020 年 3 月拍摄于丁家桥校区综合楼）

• 叶（2020 年 6 月拍摄于四牌楼校区老图书馆）

• 果（2018 年 5 月拍摄于九龙湖校区文科楼）

• 植物生境（2021 年 3 月拍摄于进香河路）

似将酒红、棕红、枣红与紫红调在了一处，呈现出同色系配色带来的高雅与耐人回味。第四次的相遇最为惊喜。微热的 5 月中午，漫步到湖区南京校友林寂静的小丘上，数棵紫叶李虽不高，但满树红果，大而熟，把枝条都坠弯了，忍不住摘几个，随意擦擦就往嘴里送了，比上次吃的要甜些。于是，幻想着制一瓶高粱李子酒，味道应该不赖，或以蜜封之，制成果饯，如此一来，也许紫叶李可与大草坪的野菜、香甜的清炒槐花以及李文正图书馆前的芦苇叶粽子一并成为湖区的特色美食。

芸 薹

科　属：十字花科　芸薹属

• 植物生境（2015 年 4 月拍摄于九龙湖校区两江西路）

• 花（2015 年 4 月拍摄于九龙湖校区两江西路）

曾经的金灿

“百亩庭中半是苔，桃花净尽菜花开。”“吹苑野风桃叶碧，压畦春露菜花黄。”历经漫长的冬季，终于等来了春天的花田。明晃晃的芸薹是江南的清明专属，它的俗名“油菜花”流传更广，身为重要的经济作物还能体现如此巨大的观赏价值，实属难得。有人为了它专程奔去江西婺源，而我们在湖区就可以轻易见到。

湖区在乡野之田建设起来，2015 年走进广袤的校园，就被大片的油菜花“撞个满怀”。那时的两江西路绿柳拂风，金花摇曳，每天中午隔岸望向图书馆，或者在文科楼水岸看向两江西路，都是惬意的事。心里暗暗佩服建筑师的规划，将校园保留为自然主义风格，既经济环保又有乡土之色。不过随着校园对花草种类多样化的追求，油菜花从主角成为配角，到了 2020 年完全被缤纷的百日菊和秋英替代，让我不免有些怅惘。如同一个家在更新，新的要进门，旧的要舍弃。

2021 年到浦口校区，见到那里还有一片盛开的油菜花田。交谈中得知这是老师们历经数年栽种的，自豪之情溢于言表。植物与人结下情谊是多么简单，却又多么难得。植物的命运不但在于天地，更在于身边的人，一念之间便是生死荣枯。

紫 藤

科 属: 豆科 紫藤属

缀花的紫藤在等你

学生们离开的时候还是落叶萧瑟的冬，再回来已是满园春色。分批返校时，有人错过了烂漫的樱，但缀花的紫藤还在。前工院的藤萝上蜜蜂在嗡嗡地飞来飞去，数个“空中编队”忙碌不已。

齐白石在《借山馆外野藤花》一诗中写道：“荫密如云蔽日华，偶闻香气更思家。借山四野皆藤海，樵牧何曾认作花。”紫藤垂坠的花、粗黑的藤、弯绕的枝和蜿蜒曲折的蔓，不知打动了多少画家的心？我在林风眠、吴冠中、齐白石的画中见它，在行政楼会议室的绣品中遇它，又在桃李园的画板上邂逅它。那是一位长者以大礼堂为背景，去芜存菁画出的一架虬龙的紫藤，画比景美。后来方知，这位便是艺术学院的尹文老师，《美丽的东南大学——东南大学校园水彩写生作品集》之作者。我不但见到他画紫藤，又遇到他画法国梧桐，知道了那本画集，便跑去图书馆借来拜读，从此爱上水彩画。再后来，于榴园的走廊看到李剑晨水彩画的翻拍照片，在湖区图书馆阅读区看墙上的童寯欧洲写生，东南大学 120 周年校庆时又在建筑学院看赵军的油画，从他们的画作中细品其构图与色彩真乃乐事。

• 果（2020 年 6 月拍摄于丁家桥校区医学院）

• 2015 年 3 月，在四牌楼校区桃李园邂逅进行水彩画创作的尹文老师

• 植物生境（2020 年 4 月拍摄于四牌楼校区前工院）

枫 杨

科 属：胡桃科 枫杨属

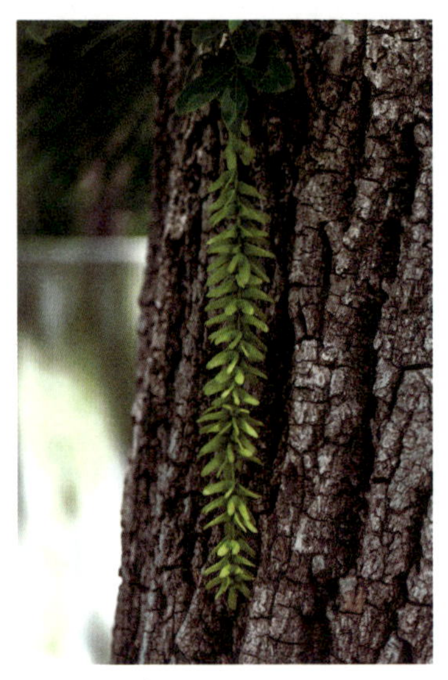

• 果（2020 年 5 月拍摄于四牌楼校区中山院，丛婕摄）

在我青春说谎的日子里

南京的大街小巷种有不少枫杨，它们生长迅速，枝高荫浓，树皮粗粝深裂，花果碧绿长串。九龙湖校区两江东路的主要行道树就是枫杨。春天清新，夏日冠盖如伞，秋冬季果实似元宝，散落一地，踩上去咯吱作响，让人想到叶芝的诗句："在我青春说谎的日子里，我在阳光下招摇，现在，我萎缩成真理。"四牌楼校区的枫杨更为高大，树龄约在 70 年。老图书馆外的转角楼梯有些纽约城的味道，若攀爬而上，俯瞰那一排枫杨不知是何感受。

• 植物生境（2022 年 7 月拍摄于九龙湖校区土木学院，丛婕摄）

《花开东南》在校报连载两年了，校报编辑部的嵇宏老师说：“如今走在校园里，感觉每棵树都能开花，它们也能结果吗？”这真是个大问题，让我一时无从回答。花与果是植物最吸引我们的部分。从植物进化的角度而言，有花植物是地球上的年轻一代，最早的花朵化石大约出现在 1.45 亿至 1.8 亿年前[1]。大约 6500 万年前，地球上越来越多的植物开始演化出果实。人类出现后，又发现了果肉的食用价值。于是，真正意义上的水果诞生了[2]。作为植物学的门外汉，我们常说的“有花植物”更多的是指被子植物，它们是地球上植物的主导者，现存已知的被子植物约有 20 万种[3]。这个数字有多庞大，比较一下你就知道了：蕨类植物，全世界约有 1.2 万种[4]；裸子植物，世界上则只有 1000 余种[5]。裸子植物其实也“开花结果”，它们的花更多地被称为“孢子球”，样貌另类，不大引人注意。一棵树开花结果，与它的科属、雌雄、树龄、生长条件、授粉等因素都有一定的关系。

① 内容来自：《影响世界的中国植物：全新修订版》第 12 页。
② 内容来自：《影响世界的中国植物：全新修订版》第 168 页。
③ 内容来自：《植物生物学（第 2 版）》，高等教育出版社。
④ 内容来自：《探索神奇的蕨类世界》，《中国科学报》（2018-05-14，第 6 版，院所）。
⑤ 内容来自：《干冷气候环境成就裸子植物复兴之路》，《中国科学版》（2021-07-22，第 4 版，综合）。

黑松、日本五针松

科 属：松科 松属

箫韶之下松几许

• 黑松雄花（2021 年 9 月拍摄于九龙湖校区致远廊）

松科植物有 200 余个种，中国有 100 多个种，占了全世界松科植物的一半，堪称世界裸子植物种类最丰富的国家。松树遍布全国，各地分布不同，即便在校园也有数种不同的松之嘉木：六朝松是顽强生命力的松之代表①，罗汉松是超凡脱俗的松之代言，日本五针松温婉秀气，黑松端正浓绿，马尾松挺拔俊逸，雪松高大雄伟。

黑松树皮灰黑，针叶深绿茂密，是江南盆景的常用选材之一。湖区致远廊数棵黑松于 2020 年自江苏金坛薛埠劲松园而来，系出名门。它们树

• 黑松植物生境（2022 年 4 月拍摄于九龙湖校区致远廊）

① 六朝松实际是一棵桧柏，古人松柏不分家，皆以松而论。

龄在 40~50 年，树形以盆景手法修剪，或横向侧展，或大如华盖，将松之多姿与古韵表露无遗。更佳者，它们脚下土地略有起伏，其旁有泉有石，真乃名副其实的“听涛客”。周围还有槭、竹、香蒲、睡莲，在此晨读或是傍晚漫步，致远之思怎不悄然而生？

丁家桥校区基一楼枇杷林下有一棵日本五针松，伏地而上，四向延展，乃陈竺院士于 2001 年栽种。4 月中旬，雄花率先出现，根根挺立，数日之后，部分雄花的顶端有雌花出现。随着花粉逐渐成熟，满枝青绿中显出粉黄之色，松树的铁汉柔情便尽在眼前。

松，或雄浑刚健，或空灵飘逸，或清幽静远，或高洁雅致，它的凌寒傲雪、挺拔顽强已融入我们的血脉，那是校徽中的松针绿，那是校歌里的听箫韶！

• 日本五针松雄花（2019 年 4 月拍摄于丁家桥校区基一楼）

• 日本五针松植物生境（2018 年 9 月拍摄于丁家桥校区基一楼）

毛泡桐

科　属：泡桐科　泡桐属

焦尾之忆

雾霭沉沉、桐絮（法国梧桐的种子）初飞的日子，只有毛泡桐才能抓住我的视线。它屹立在金川河畔、动物房外、垃圾场边，全然不顾脚下的杂乱，自带一股英雄莫问出处的壮志豪情。倒挂金钟的硕大花序，一树的淡紫呼应着邻居法国梧桐的周身新绿，这样的紫少了小花草的浪漫，却散发着大乔木独有的苍茫意蕴。

毛泡桐的叶片横径可达 20 厘米，汉语中以“桐”命名的植物多是大叶，比如梧桐、法国梧桐、刺桐、赪桐。荫浓吸尘、花果俱美的毛泡桐是优良的行道树，但如今很难见到成行的毛泡桐树，它常常单株立于街头巷尾，与你不期而遇。好在毛泡桐喜光，生长迅速，有高大的树冠、繁密的花序与烛台般排列的果实，虽然孤寂，却也脱尘。

丁家桥校区的学生宿舍前曾有一棵高大美丽的毛泡桐，

• 植物生境（2020 年 4 月拍摄于丁家桥校区学生宿舍）

2020 年它开了满树的花，却不知这已是自己最后的花季。疫情防控期间，学生需在宿舍独立洗浴，670 个房间的水源加热都要依靠室外的空气源热泵。为了安置硕大的机房，这棵毛泡桐不得不被伐掉，它在 2020 年 7 月默默贡献了生机勃勃的枝干，为 2500 余名学生开学返校提供必要保障。据说毛泡桐树干被伐时会发出如乐的声响，“焦尾枯桐”正是良琴之意。伐木当日或许应截留一段桐木，略为加工分发给学生们，以作“焦尾之忆”。若有来世，期盼它生在古宅中，听主人焚香抚琴，或是立于清溪潺流，花开无尘，大隐于市。

• 花（2022 年 4 月拍摄于丁家桥校区金川河畔）

• 2020 年 7 月，安装空气源热泵的施工现场

鸡爪槭

科 属：槭树科 槭属

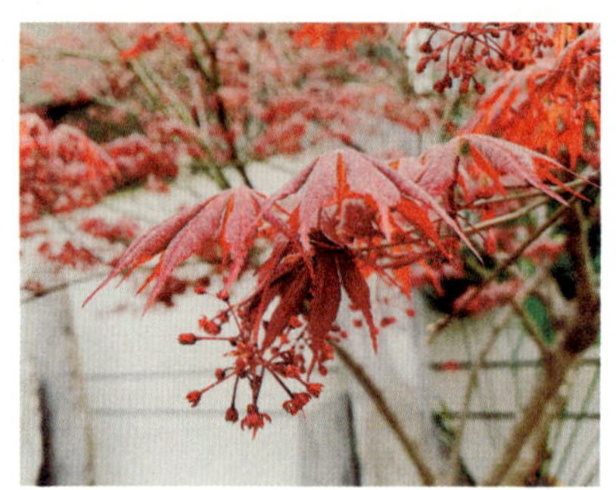

• 花（2022 年 4 月拍摄于丁家桥校区科技会堂）

春绿与秋红

南京的秋是出了名的美，诸多彩叶树种陆续登场，悬铃木、乌桕、无患子、枫香、黄连木、银杏、池杉、榉树、三角枫、栾树，甚至紫薇、石榴、紫叶李、樱花、广玉兰、香樟也可赏叶，但最隆重的郊游盛事还是赏枫（“枫”主要是槭属植物）。约 200 种槭树中极富园艺价值、极为常见的就是鸡爪槭。城北的栖霞山是全国四大赏枫胜地之一。

槭树最大的观赏价值在于叶色的季相变化。人们赏枫大都爱其秋红，我则喜其春绿。秋天里的红固然美，但不免枯燥，春天里的绿则不然，青翠鲜润、满目生机。新叶酷似鸡爪，其下藏着细密的小花在风中轻颤，花谢后叶间便浮现嫩红的翅状果实，犹如螺旋桨的桨叶，这样的结构有利于种子到达更远的地方。

学校三个主要校区皆种有槭树，四牌楼校区类别最丰，不但有鸡爪槭，还有紫红叶鸡爪槭（五五楼）、羽毛槭（礼东路，但 2021

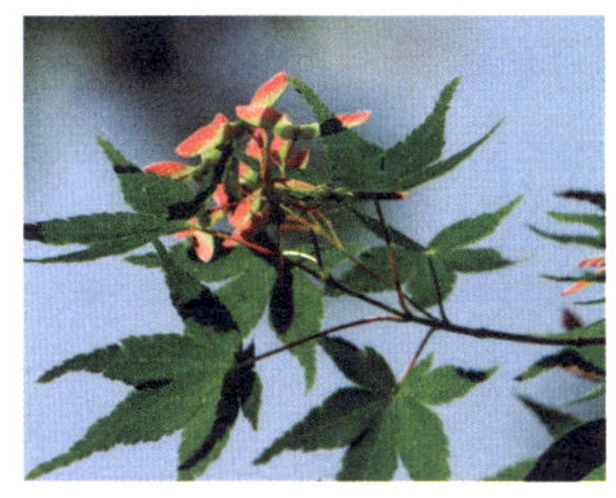

• 叶与果（2020 年 5 月拍摄于四牌楼校区李文正楼，丛婕摄）

年秋消失）、金陵黄枫（五四楼）、三角槭（六朝苑）。健雄院前的两棵鸡爪槭树姿古雅，树龄 123 年（2023 年），位列南京市绿化园林局古树名木。六朝苑另有一棵鸡爪槭，虽树龄比不得健雄院的，但枝干平展俊逸，树姿更美。九龙湖校区、丁家桥校区的鸡爪槭树龄尚幼，成景还需时日。

• 植物生境（2021 年 12 月拍摄于四牌楼校区南京东南大学出版社，丛婕摄）

墨西哥落羽杉

科　属：杉科　落羽杉属

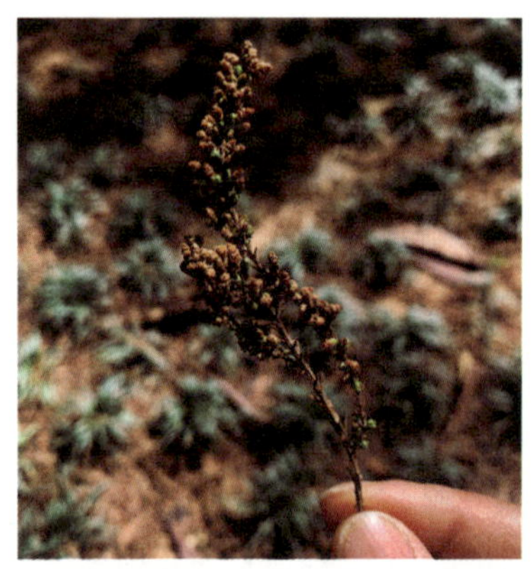

• 落花（2020 年 4 月拍摄于四牌楼校区健雄院）

• 落叶（2019 年 3 月拍摄于四牌楼校区健雄院）

健雄魂

中国现存最早、树龄最大的一株墨西哥落羽杉（简称墨杉）就在四牌楼校区健雄院的楼下，初闻此信让我震惊不已。因在健雄院楼前，它被很多师生称为“健雄魂”。20 世纪西方传教士将它带来种在校园中，如今胸径超过 1.2 米，高 30 多米，树龄已达 96 年，与附近的鸡爪槭以及梅庵的六朝松同被列为南京市级古树名木。

墨杉原产于墨西哥及美国西南部，本是秋季开花，因地理环境变化引种后转为春季开花。从逸夫科技馆 13 层俯视，它生机勃勃的样子一览无余。健雄院东侧另一棵墨杉以及大礼堂前的墨杉，在高空的视角下均尽显大树风姿，它们于 2020 年被增补为南京市古树名木。古人认为大树中皆有神灵存在，看到墨杉便有此感，我也不求俗愿，只是望着它便已感到一种蓬勃的力量。

初见墨杉时曾将它的花误认为枯叶，直至去年才幡然大悟。它的枝叶如此繁茂，往昔的落叶柔软似羽，厚积起来如一层毛毯铺垫在树下。到了冬季，它与周围的枫香红绿交叠，真乃油彩画境。这棵墨杉不但具有观赏性，更为园林育种作出贡献。墨杉耐低温、耐盐碱、耐水淹，但移植国内后这些性状并不明显，南京的园艺专家们便对此展开了研究。多次试验后，以我校的墨杉为父本、落羽杉为母本进行杂交，终于培育出可广泛种于滩涂湿地的中山杉，在南京汤山矿坑公园可以见到幼林。南京林业大学叶培忠教授将此墨杉为母本与我国的柳杉杂交，培育出中国特有的东方杉，在南京林业大学能够见到高大挺拔的成年行道树。我们的墨杉既能当爹又能当妈，神也！

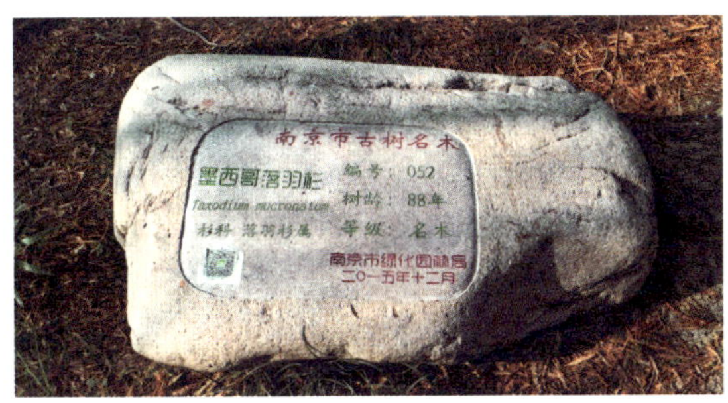

• 古树名木石（2018 年 3 月）

九龙湖校区北门校医院附近有一片不大的落羽杉林，它与墨杉同科属、但不同种，由学校离休干部于 2011 年栽种。低处的枝叶伸手可及，秋高气爽时但见羽叶由绿而橙，渐红再转为褐，变色的过程近在眼前，这是小树的好处。南京中山植物园里有很多落羽杉大树，它们与池杉、水杉交错种植，近水处能看到池杉的膝状根，波光潋滟中树色华美，让人沉醉。

• 植物生境（2021 年 12 月拍摄于四牌楼校区健雄院，丛婕摄）

红花檵木

科　属：金缕梅科　檵木属

无出其右

丁家桥校区有一片红花檵木林，是校区里极富代表性的植物景观。园林中红花檵木多为低矮的灌木或小乔木，即便开花也不甚醒目。丁家桥校区的十几棵红花檵木，因空间充足，生长自由，历经几十年，已将檵木紫红色的艳丽演绎成了传奇，在南京已是无出其右。花开时节，红霞满天，每每惊艳路过的人，便是脚步匆忙的外卖小哥也会停下来，将它的壮观美景拍下，然后再一溜烟儿地奔出校门。动作慢些的大爷大妈围着观看，有些会问这是什么花。听了名字，仍是一脸的茫然，到底是个什么木呢！看来应该为你挂个标识。

檵，18 画，要放大了看才知道怎么写，平时也可以用“继”来代替。每近清明，它抖擞起乔木之姿，将春天的色彩逐渐浓缩，再以大写意的手法喷薄而出。你可以在外围欣赏它的壮观，也可以坐

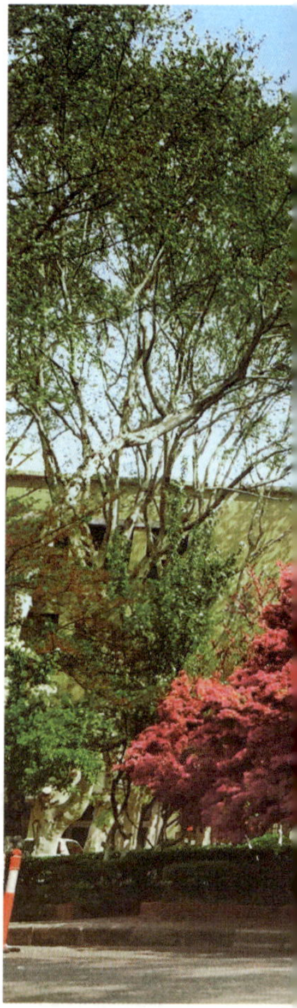

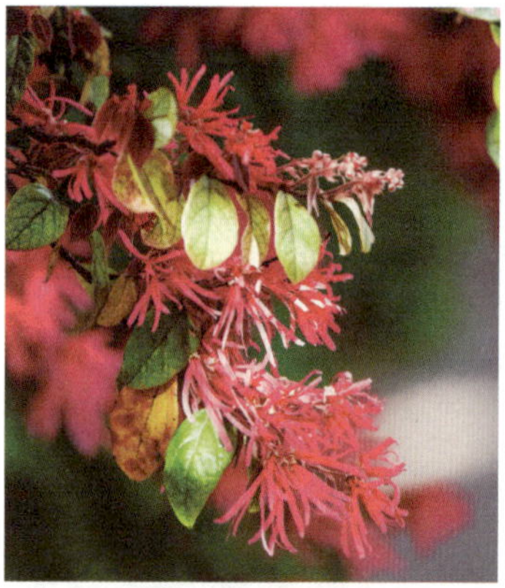

• 花（2022 年 3 月拍摄于丁家桥校区中心花园，丛婕摄）

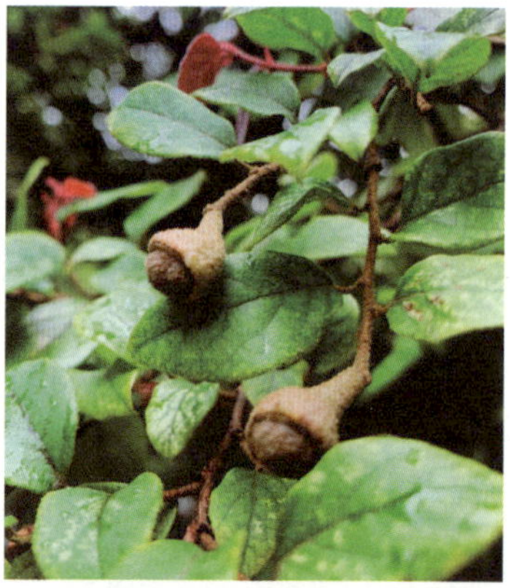

• 果（2019 年 9 月拍摄于丁家桥校区中心花园）

下来细看它的精致。当阳光穿透枝叶，浓绿与艳红交织，各种姿态的花枝组成彩色的雾，如此景致就算来不及与它相恋，也可以在刹那之间镌刻永远。

九龙湖校区东门也有一团硕大的红花檵木，它以开门见山的方式呈现，与体育馆相衬，周围辅以鸡爪槭和杜鹃，现在树龄尚幼，来日花盛也必将春色壮观。

红花檵木为檵木的变种，本种花白中带绿，变种有紫红色与酒红色。红花檵木每年开花两次，先密后疏。叶色在秋季逐渐多彩，枝干耐修剪，园艺用途广泛，湖南为我国红花檵木的中心产区。南京昆仑路的城墙边有一棵集三色于一体的嫁接檵木，堪称奇葩。河海大学与小桃园也有不错的檵木小景。

• 植物生境（2019 年 4 月拍摄于丁家桥校区中心花园）

锦绣杜鹃

科　属：杜鹃花科　杜鹃花属

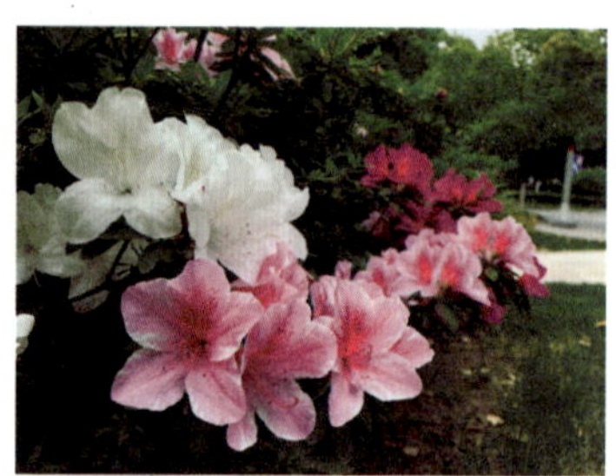

• 花（2020 年 4 月拍摄于九龙湖校区致远廊）

属于山岭的美

不怕没有货，就怕货比货，但若起初给你的已是好货，你也未必能识货。这话有点儿绕吧。在南京见过的杜鹃几乎都是锦绣杜鹃，虽然红、白、粉三色鲜艳，但看来看去只此一种，总不尽兴。作为我国十大名花之一，杜鹃拥有千年以上的栽培历史，本应该在品种、色彩、姿态、意趣诸多方面有所不同啊！但眼前的小灌木，它给人的现场观赏性和记忆中的回味感似有些平淡。

玄武湖梁州有杜鹃园，在古典园林的氛围中读着李商隐谜一样的《锦瑟》和白居易的诗咏，方感受到一些别样的情怀。2019 年在老门东的古城墙下邂逅了方圆半顷的花田，顿悟杜鹃是属于山岭的，只有坡地与高山才能显出它的壮丽。有人被花所感，放声高歌《映山红》。曲调悠长，歌声回荡，沉而不破，高而不亢，你能感到暗夜对黎明的等待、严冬对初春的盼望。

杜鹃的野生品种主要分布在喜马拉雅山和云南等地，众多的品种依海拔的不同而各自分布。杜鹃花属植物超过 1000 种，我国有 600 多种。近百年来，作为重要的园艺花卉，杜鹃花的栽培品种很

多。按叶可分为常绿、半常绿与落叶杜鹃，按花期与品系可分为春鹃品系、夏鹃品系、东鹃品系、西鹃品系、高山杜鹃品系。锦绣杜鹃原产于我国，现多分布于江苏、福建等地，因植物各处有毛，别称“毛鹃”。南京国防园内种植杜鹃多年，为赏花佳地。

东南大学的三个校区（九龙湖校区、丁家桥校区和四牌楼校区）都种有杜鹃，以九龙湖校区数量最多，致远廊附近已形成小片景观。

我去台湾时，在有“杜鹃花城”美誉的台湾大学见到了著名的皋月杜鹃和乌来杜鹃，相比之下，方知江苏的锦绣杜鹃已是很美的品种。只是人心不足，分明有了好的，却还念着更多，真是辜负了身边的一片美景。

• 植物生境（2015 年 4 月拍摄于四牌楼校区涌泉池，丛婕摄）

绣球荚蒾、荚蒾

科　属：五福花科　荚蒾属

红莓花儿开

“荚蒾”是比较生僻的词，若非寻找植物，我怕是今生都不会认识它。丁家桥校区的花园中不但有如此奇葩，而且有两种。

先说说花美的绣球荚蒾吧：第一次见面我就被它的绿叶和纯白花团迷住，瞬间联想到新娘的手捧花。我将它的画面加上柔光后配上徐志摩的诗送给一位教过我大学课程、即将退休的老师，他说这

• 绣球荚蒾（2013 年 4 月拍摄于丁家桥校区中心花园）

• 荚蒾花（2013 年 5 月拍摄于丁家桥校区中心花园）

• 荚蒾果（2018 年 9 月拍摄于丁家桥校区中心花园）

是私人订制的明信片。绣球荚蒾被冠以“绣球”之名是因其形似绣球的雪白花朵。它的“雪团”还颇有数学天赋，横竖斜的排列组合各得章法，组成隆重的队列一俟你的检阅。绣球荚蒾生长缓慢，高约 5 米的小树已生长 30 余年。城东午朝门公园的绣球荚蒾最为壮观，两行大树虽然气息浓重独特，让人掩鼻，却仍吸引摄影师们准时到来，它已被开发成拍摄 4 月婚纱照的热门地点之一。望着树下一对对即将走入婚姻殿堂的小情侣，我以绣球荚蒾的花语默默祝福他们——至死不渝的爱。

再来说说果实美丽的荚蒾。它的花期比绣球荚蒾晚 10 天左右，稠密的聚伞花序将乳白色的花冠呈辐射状散开，因雄蕊突出，远观似雾样花团。荚蒾没有绣球荚蒾的“臭味”，可以放心靠近观赏其清晰的叶脉、触摸毛糙的叶面，体会五感观花。入冬后果实由绿渐红，像石榴籽齐整排列在一个平面上，透出薄施胭脂的羞怯之美。及至 12 月下旬，枝上仍可见果实，彼时冰冷的冬雨将它浸出醇厚的酒红色，晶莹剔透。传闻以果酿酒味道不错，我想那该是一壶“胭脂酒”吧。

令我意外的是，在“学习强国”App 中了解到《红莓花儿开》中所提到的红莓就是荚蒾。

三角槭

科　属：无患子科　槭属

嚼得菜根，做得大事

在南京见到的三角槭多为小乔木，10 米以上已是罕见。来到六朝苑，远望李瑞清先生的雕像，不禁眼前一亮，没有想到此处的三角槭已近 20 米高。附近的专家楼前也有几棵三角槭大树，它们作为校园西北角的主要大乔木，为这片富有历史文脉的区域带来了浓浓的绿荫。初来东南大学的人，都会先来这里一睹六朝松、梅庵的风采。

李瑞清先生曾任东南大学前身两江优级师范学堂监督（校长），是著名的教育家、美术家、书法家，中国近现代教育的重要奠基人和改革者，中国现代美术教育的先驱，中国现代高等师范教育的开拓者。感念几千年前《考工记》中提出的设计思想："天有时，地有气，材有美，工有巧，合此四者，然后可以为良"，李瑞清先生于

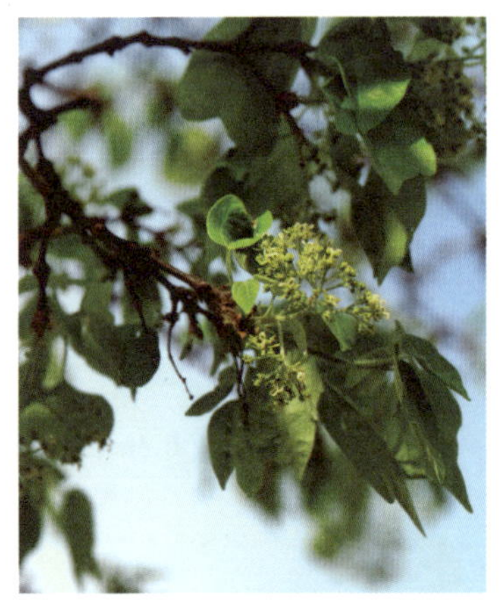

• 花（2019 年 4 月拍摄于四牌楼校区六朝苑，丛婕摄）

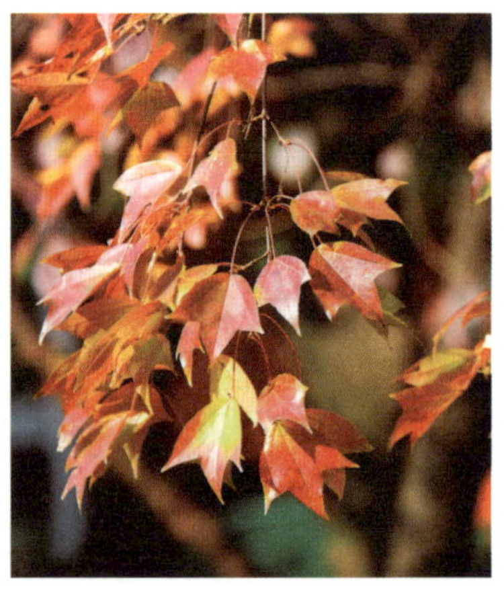

• 叶（2021 年 12 月拍摄于四牌楼校区六朝苑，丛婕摄）

• 果（2019 年 9 月拍摄于四牌楼校区六朝苑，丛婕摄）

• 植物生境（2022 年 2 月拍摄于四牌楼校区六朝苑，雷蕾摄）

• 植物生境（2019 年 10 月拍摄于四牌楼校区六朝苑）

20 世纪初远赴东瀛引教习创建近代中国的图画手工科，培养了我国第一代美术师资。1914 年，为纪念李瑞清先生而建梅庵草屋，眼前的雕像乃 2002 年百年校庆时学校请著名雕塑家吴为山雕刻的，“六朝苑”亦同时揭幕。来到这片静谧的地方，便会忆起先生 1905 年提出的校训：“嚼得菜根，做得大事”，于静心定性中体会菜根之香。

三角槭花果期相近，伞房花絮浅黄泛绿，纤细外卷，清丽可人。开花不久，即结出近三角形的翅果，一串串隐于叶间。槭属植物的果实多为翅果，种类不同，翅果形成的夹角也不同。初时碧绿，清润如玉，渐熟转为浅褐色。纸质的叶片也伴随着成为最好的调色板，红橙黄绿恣意涂抹，每一片都不同。落叶一片片竖着嵌在草丛里，下午的光斜射下来将它们照亮，坐在这块花布上，秋意弥漫中不禁感到年华似水。

棕 榈

科 属：棕榈科 棕榈属

• 植物生境（2015 年 3 月拍摄于丁家桥校区图书馆，丛婕摄）

南京的棕榈

南方植物多奇葩，很多人无法相信长江岸边的南京有很多棕榈，校报的编辑们看到它的名字让我再三确认。没错，校园里那冠高叶散，上粗下细，枝干毛糙，结满葡萄般黑中带蓝或蓝中带黑的果实的，就是棕榈。学校三个校区都有棕榈，丁家桥校区最多，图书馆、食堂、操场以及二教周围，皆是成排的棕榈。高高低低卫兵般站立 40 多年，相比于棕榈近 200 年的自然寿命，它们还只是青葱少年。

棕榈的细节充满矛盾的对比：棕榈深裂的叶片看似柔软，实则粗硬，一不留神便会刮痛你的皮肤；棕榈金黄的花苞名唤“棕鱼”，金粟般的花丰厚地聚集一处，雌雄难辨，只待花落结果方知答案。鲜嫩的黄绿花枝从粗到细，结构分明，摸上去却硬如塑胶。小葡萄般的果实从黄到绿渐黑，经冬不落。如扇的大叶在正午的艳阳里交错，逆光中别有韵味。

棕榈原产于中国，耐寒常绿、雌雄异株。叶可制扇，果实、花、叶、根等可入药。棕皮纤维丰富，可做棕绷或沙发填料。

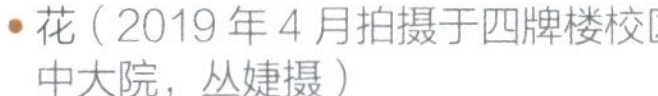

• 花（2019 年 4 月拍摄于四牌楼校区中大院，丛婕摄）

• 果（2020 年 5 月拍摄于丁家桥校区运动场，丛婕摄）

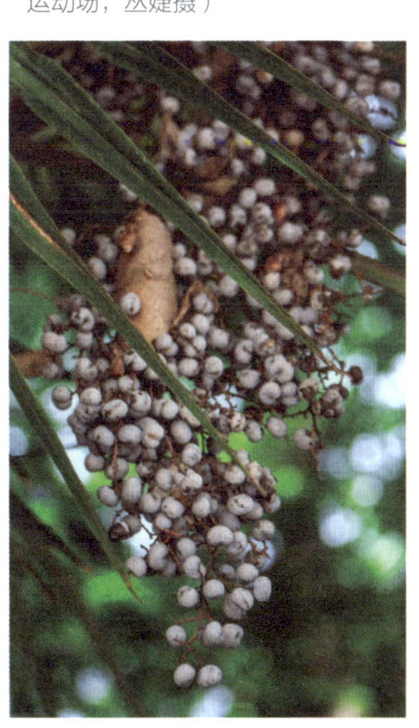

鸢 尾

科 属：鸢尾科 鸢尾属

大自然中的浓郁色彩

“即使是把微小的欢悦努力扩大，把凝神品味着的，平静的幸福尽量延长，那从起点到终点之间，如谜一般的距离依旧无法丈量”“到了最后，我之于你，一如深紫色的鸢尾花之于这个春季，终究仍要互相背弃”席慕蓉的诗给鸢尾笼罩了一层哀伤的色彩。大自然将色彩十分浓郁的蓝、紫和绿赋予它，形成神秘而冷峻的色彩组合，有别于大众的姹紫嫣红，鸢尾远远地就能吸引住你的视线，在细致而多变的线条中，在变

• 植物生境（2020 年 4 月拍摄于九龙湖校区两江西路）

• 植物生境（2021年5月拍摄于九龙湖校区李文正图书馆）

幻的光影里，体会现实与虚构的完美融合。

学校湖区接驳车停靠点有一丛鸢尾绽放，色彩浓烈，充满动感，很像梵高的画作《鸢尾花》。在痛苦中挣扎一生的人却坚持以画笔赞美自然，对生活充满向往与激情，你能在他的画中体会光影的流动和力量，植物都充满了生机，颇为立体。两江西路的桥下有片更大的德国鸢尾花田，它们与黄菖蒲毗邻，铺满整个斜坡，数量众多，只因在桥下，花期又短，我竟一直没有发现。这次也几乎错过，后来转头一瞬，瞥见芳华。图书馆附近的路易斯安那鸢尾是漂亮的玫红色，雨后的露珠凝在花间，让那花丛越发晶亮。

鸢尾根系发达，有利于稳固地表土壤、防止水土流失。近年来，南京一些河流的水面会种植鸢尾属植物以净化污水。鸢尾还可入药和提取香精，据《芳香植物》一书介绍：在120余种鸢尾类植物中，有3种常用于香水制造，即佛罗伦萨鸢尾、托斯卡纳鸢尾和维罗纳鸢尾。

鹅掌楸、杂交鹅掌楸

科　属：木兰科　鹅掌楸属

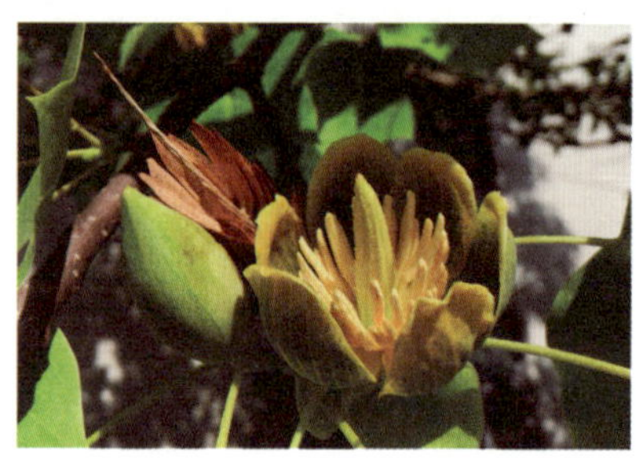

• 鹅掌楸花（2018 年 4 月拍摄于九龙湖校区材料科学与工程学院）

东方郁金香

鹅掌楸叶形独特，国人多称其为“马褂木”，外国人因其花形像郁金香而称其为“东方郁金香”。南方人对它多不陌生，但我这个北方人初看花草时却迟迟没有发现它的身影，直到在玄武湖樱洲邂逅了一棵极有来头的鹅掌楸，才陆续看到更多。四牌楼动力路、老图书馆和李文正楼附近有不少大树；九龙湖校区两江南路的行道树也选择了它，物理学院附近也有成片种植。

初见鹅掌楸的花在湖区材料科学与工程学院的楼外，那棵树有低枝触手可及，走近后发现叶间竟有花，花、叶的颜色都近似绿玉，若非好奇几乎错过。状如莲座的花相较健硕的树形显得有些精巧，丝绒质感的花瓣包裹着根根分明的花蕊，虽然没有任何花香，我仍驻足良久，看了又看。从此之后，每到秋季便低头寻几片合眼缘的叶片，或夹在书中当插页，或

• 鹅掌楸植物生境（2018 年 11 月拍摄于四牌楼校区动力路）

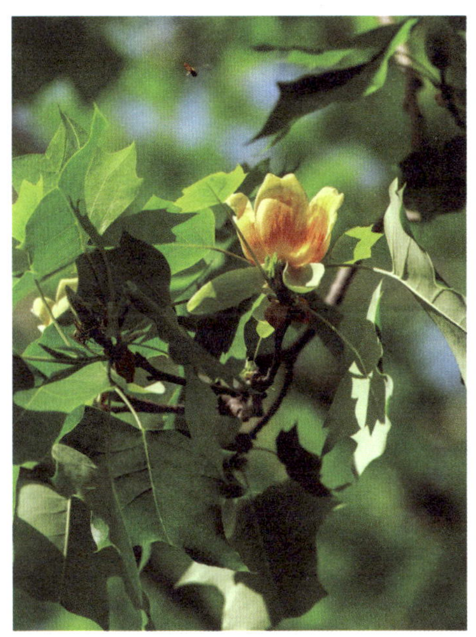

• 杂交鹅掌楸花（2019 年 4 月拍摄于四牌楼校区李文正楼，丛婕摄）

写上一句心动的歌词送给同好。

鹅掌楸树种古老，花多果少繁殖不易，已被列为国家二级重点珍稀濒危保护植物。该属植物原有鹅掌楸和北美鹅掌楸两个种，北美鹅掌楸其花外观分黄橙绿三层，与鹅掌楸的纯绿有所区别。1963 年南京林业大学叶培忠教授以中国鹅掌楸为母本与北美鹅掌楸杂交，选育出杂交鹅掌楸。新种集合了亲本的优点，其花色橙黄，生长更快。春天去南京林业大学可以体会由水杉、七叶树、东方杉、杂交鹅掌楸组成的森林式校园。只是这些树太过高大，开花时只能仰望看个轮廓。

丁家桥校区附近马台街的行道树是杂交鹅掌楸与国槐，这样的组合既乡土又传统。以后再想看花不必四处寻觅，抬头便是。

麻 栎

科 属: 壳斗科 栎属

• 植物生境（2019 年 12 月拍摄于四牌楼校区五四楼）

• 果（2019 年 10 月拍摄于四牌楼校区五四楼）

拥有王座的果实

麻栎又称橡树，喜爱它全因舒婷的《致橡树》，让我未见其树先得印象。2017 年夏天，我在北美第一次看到麻栎林，地上满是它的果实，灵动的松鼠蹿来蹿去，挑挑拣拣。回来后忽而有个念头：四牌楼校区的建筑很洋气，这里会不会有栎树呢？2018 年秋天，我又去五四楼，上午的阳光从屋顶漫射而来，为楼前的树打上了一层柔和的光，那树冠幅庞大，浓黑的枝干线条分明，婆娑的叶黄绿相间，让它周身散发出迷人的光辉。它的近旁是棵秀美的金陵黄枫，彼时是漂亮的橘色。这一高一矮，一壮一柔的两棵树对比鲜明，引我靠近。树下丛生的麦冬上盖满了带锯齿的枯叶，众多的壳斗嵌在泥里，不深不浅的王座，刚好一半衬托着栗色的圆果，再看厚糙深裂的树皮，心下一片欢喜，这是一棵麻栎啊！我终于在校园里见到麻栎了。

麻栎原产中国，分布广，栽培历史悠久，树形高阔，为重要的山地绿化树种。栎属植物主要分布在北半球，它们是力量与雄伟的代言，树龄可达百年以上。不同的海拔生长着不同的品种，有常绿的，也有落叶的。麻栎多为硬木，生长缓慢，果实的壳斗略有不同。欧洲白橡木与美洲红橡木有着漂亮的纹理，非常适合做地板。东亚地区另有两种橡木：一种是心材泛红的栓皮栎，另一种是槲栎。栓皮栎为生产软木的主要原料，爱喝红酒的人对它一定不陌生，木质酒瓶塞的原料大多使用栓皮栎的树皮。树龄在 25 年以上的栓皮栎，可进行第一次树皮采剥，其平均寿命约为 200 年。槲栎，又名青冈，叶形大而美，心材黄色，以“东方白橡木”而闻名，是极好的建筑材料，在南京紫金山绿道与中山植物园皆可看到。

苦 楝

科 属：楝科 楝属

• 花（2020 年 5 月拍摄于四牌楼校区停车场，丛婕摄）

• 果（2019 年 9 月拍摄于丁家桥校区金川河畔）

一树芳华无忧

我上班的路上有数棵大苦楝树，每当闻到它们远远飘来的淡雅香气，便知道春天要结束了。我喜欢它类似丁香的味道，喜欢它满树细密的淡紫小花，喜欢它树枝上一串串的金色小果。在南京的大街小巷不经意间就能见到一棵大苦楝树，这是骑车人的福利，闻着那甜甜的香味，一日的奔波也舒缓了许多。

苦楝是个古老的树种，在我国已有千余年的栽培历史。它对环境不挑剔，与泡桐、枫杨、构树相似，都是速生的落叶大乔木，10 年左右即可成材。苦楝的木质坚软适中，纹理美观，不变形，有香气，耐朽抗虫，适宜制作各种家具，也是工艺品、乐器的高级用材。其果核仁油可制作润滑油和肥皂，喜爱制作手工皂的人不妨一试。

四牌楼校区停车场门口有苦楝与毛泡桐、枫杨并立，苦楝的金果映衬着毛泡桐的紫花，枫杨则是一树的新绿。它们像三剑客般长久地凝望着地面向左、向右的标志箭头和往来的车辆，却永远没有人们在生活中时常要面临的向左还是向右的选择的烦恼。

• 植物生境（2018 年 5 月拍摄于四牌楼校区停车场）

雪 柳

科 属：木樨科 雪柳属

• 植物生境（2022 年 10 月拍摄于改建为运动场的金川河畔，恰逢雪柳果实成熟为黄棕色）

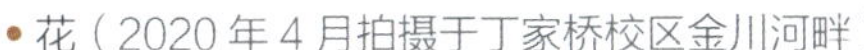

• 花（2020 年 4 月拍摄于丁家桥校区金川河畔）

• 果（2020 年 6 月拍摄于丁家桥校区金川河畔）

金川双柳

金川河是南京著名河流之一，蜿蜒细流穿行于城北，经过丁家桥校区西北角与对岸的天福园小区。南京市政府近年推行“河长制”，以加强河道的治理与美化。金川河畔也一并得到了整治，增加了珊瑚树绿篱与杜鹃灌木。这段路一直以来都是我们的主要停车地段，南段以苏铁为主，北段是雪柳和垂柳。

雪柳在民间被称为“五谷树”，因其果实形状多变，与五谷都有些相像。我没有那么丰富的想象力，但雪柳的传说已为它增添了足够的吸引力。我用了 3 年才见全它开花结果的模样。观察植物真的需要即刻的行动力！

2020 年夏，学校将金川河停车场改建为运动场，附近的植物不得不减少。12 棵苏铁搬去了九龙湖校区，构树、苦楝、紫薇、棕榈、火棘、湖北海棠等因校内没有空地，向外转运成本惊人，只能就地伐去。雪柳和垂柳的命运不好不坏，枝条被大幅修剪后总算保留下来，金川双柳的绿荫从此消失。

山梅花

科　属：绣球科　山梅花属

• 花（2021 年 4 月拍摄于丁家桥校区老干部楼）

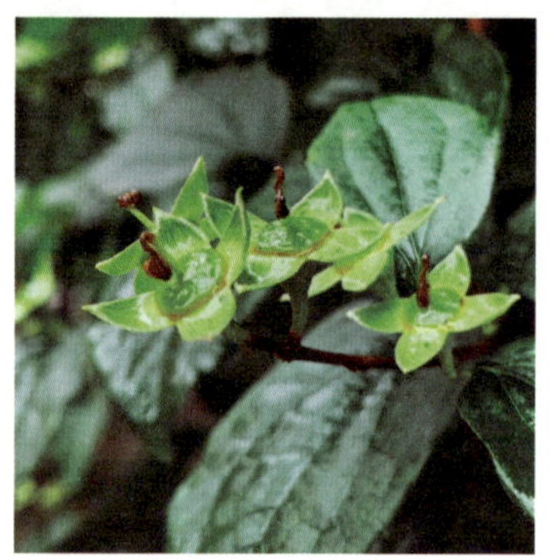

• 果（2020 年 6 月拍摄于丁家桥校区老干部楼）

“甘草合剂”

谷雨时节白花众多，蝴蝶花、雪柳、六月雪、香樟、海桐、火棘，一个接一个登场。山梅花在这一众白中独树一帜，概因它的花细白如绢、繁而不俗。花开时节，老干部楼下传来淡淡的香气，像止咳的甘草合剂，小蜜蜂们上下翩跹“镇咳平喘”，我靠近去闻却是沾了一鼻子的黄，好在我对花粉不过敏。

山梅花在南京并不多见，至今我只在东南大学校园中见过。它走进我的视线是在 2013 年，那时丁家桥校区废弃的锅炉房被改建为羽毛球馆，这栋浴室与老干部活动室混合使用的小楼也由此改了气象。外墙成为两个攀爬高手的竞技场：厚萼凌霄在南，爬山虎在北，平地而起直上房顶。山梅花在北侧的角落望着它们比赛，也不甘示弱，将自己在秋冬季节里看似杂乱的一堆枯木在春天里毫无保留地舒展，白花团团地也铺了不小的面积。据后勤办老师介绍，2012 年南京林业大学园林专家鉴定此处的山梅花树龄约在 50 年，感叹它竟比我到校还早这么多年！毕业 20 年聚会，同学们走到这里见到“女浴室”三个字竟也十分激动，兴高采烈地跑到楼上要看个究竟。当年最普通的场景，如今回忆起来都甜美无比。大家说当时楼下有小卖部，洗澡出来喝一瓶 2 元的酸奶都是享受。我将这些说给 00 后的女儿，她全然不解，爹妈的故事总是不可思议。

新冠肺炎疫情防控期间，学生洗澡不能集中于公用浴室，宿舍卫生间于 2020 年全面改造，引进空气源热泵后即可在宿舍独立洗浴。这栋三层“迷彩”小楼也跟着翻新，于 2022 年 3 月成为外墙焕然一新的丁家桥校区行政办公楼。爬山虎和厚萼凌霄从此再不比赛，山梅花也被移至丁家桥校区二教楼东侧的背阴处，好在它还活着并开了花。我数了数，一共 7 朵。

• 植物生境（2020 年 4 月拍摄于丁家桥校区老干部楼）

樟

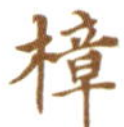

科　属：樟科　樟属

• 植物生境（2020 年 6 月拍摄于东南大学附属中大医院）

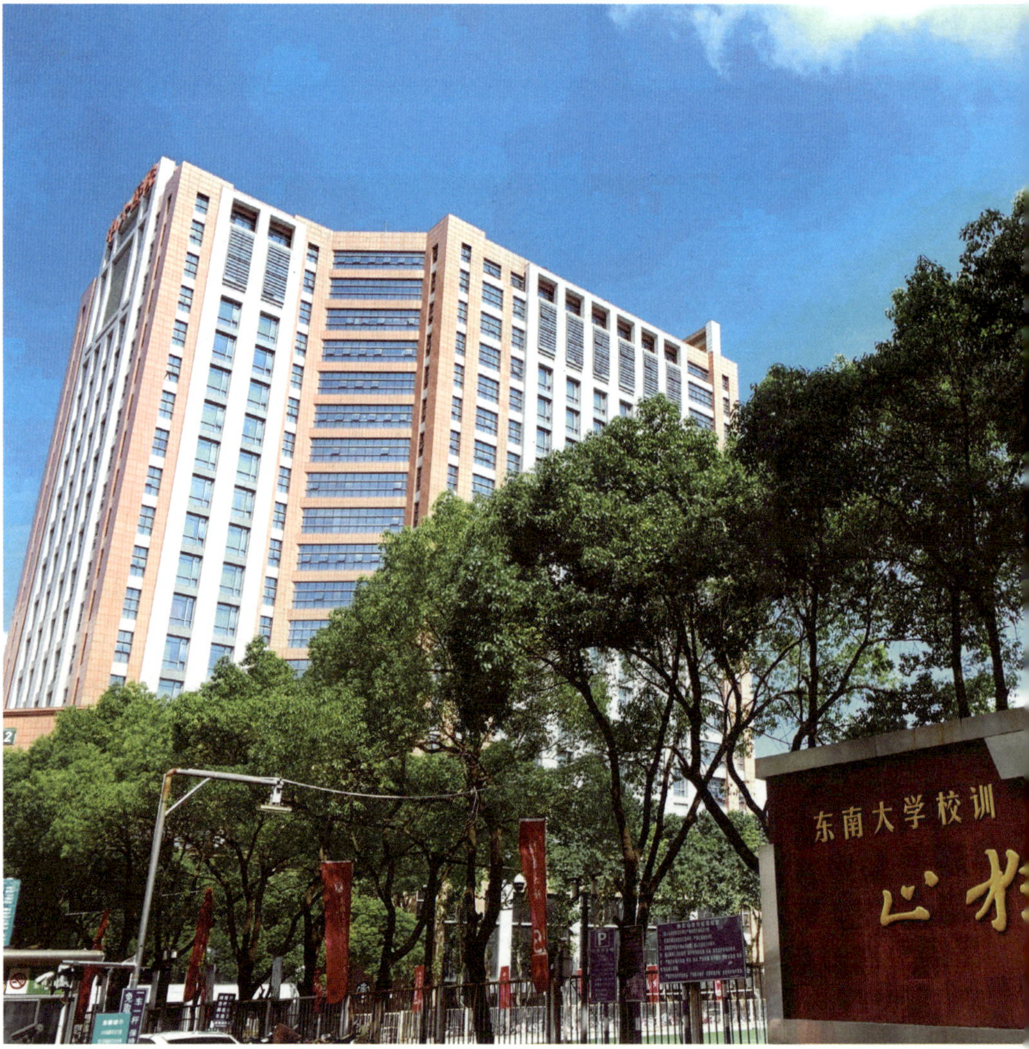

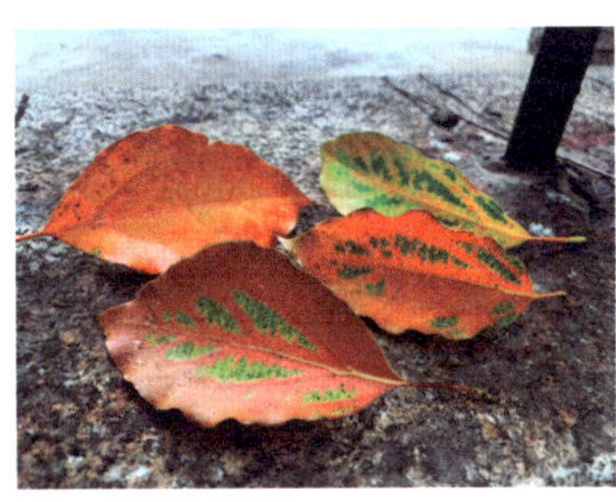

• 叶（2020 年 4 月拍摄于丁家桥校区篮球场）

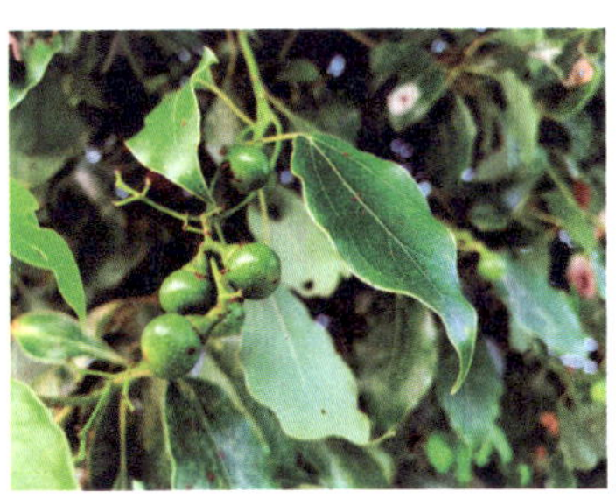

• 果（2019 年 8 月拍摄于九龙湖校区溧阳香樟林）

白首如新

樟，因其枝叶、果实有好闻的香气又名香樟。我与香樟的缘分是倾盖如故，还是白首如新？知道它是缘于儿时见母亲拿着的一柄小扇，待真正见到香樟树，已是人到中年。

九龙湖校区三江环路的行道树就是香樟。湖区于 2003 年开始建设，至 2015 年，当时栽种的香樟已形成绿荫，果然是十年树木。灰色外立面的楼宇在它们的衬托下，更显简约庄重。湖区行政楼西有一片溧阳香樟林是校友捐赠的。香樟的花很细小，黄绿的色彩与嫩绿的叶片交融，不甚明显。炎夏后，果实出现，仍是低调的绿，成熟后方光亮如墨，冬春交替的时候果实尽数落地，踩在脚下变成一个个斑点，书写着对大地母亲的心语。捡拾它们在手中揉搓，会散发出类似男士香水的味道，不因高就而轻薄，不因低微而沉郁。夏季雨后的香樟落叶也颇为美丽，每一片的红橙黄，深深浅浅独一无二。

香樟一般在 10 年后进入快速生长期，作为常绿大乔木它可高至 30 米，寿命达千年，与栝（圆柏）、柏（侧柏）并列为喻德嘉木。南京玄武湖药物园内的樟荫台有数棵百年以上的香樟，气势雄伟，华盖蔽日，已成游客的许愿地。香樟整树有樟脑香气，防虫滞尘，根深抗风，故而是南方城市的优良绿化树种。

六朝松

科　属：柏科　圆柏属

止于至善的图腾

2022年金陵“十大树王”评选揭晓，六朝松以1500余年的树龄和劲骨凝绿之姿高票入选。六朝松是松吗？其实它是柏，确切地说，它是一棵桧柏。古人松柏不分家，皆以松而论。六朝松是南京地区较为古老的树木之一，相传由梁武帝亲手将它栽种在南朝宫苑中，隋军灭陈后建康城邑宫苑尽毁，只存古柏。这里是明代的国子监，也是民国时期国立中央大学的所在地。六朝松曾出现在国立中央大学的校徽上：太阳辉映着它的树冠，身后的紫金山巍峨庄严，外圈上环绕着金字校名和校训——“止于至善”。著名科学家、教育家顾毓琇先生曾任国立中央大

• 园丁进行果实采摘（摘自2021年11月23日东南大学官方微信号）

• 植物生境（秋景）（2022年11月拍摄于四牌楼校区六朝苑）

• 植物生境（冬景）（2013 年 2 月拍摄于四牌楼校区六朝苑，丛婕摄）

学（东南大学前身）校长，他在词作《齐天乐·忆南京》中咏六朝松："南雍记取，想月影梅庵，风翻琴谱，老干苍松，仰天迎翠羽。"

现在的六朝松树高十米多，早年，雷电将树干从顶部劈成两半，垂下两根巨大的枝干现由两根铁柱托住。古树的树皮已经完全裂开，顶部用三根铁环固定着。树干内部已经镂空，注满水泥砂石以防垮塌，养分输送完全靠树皮。

六朝松见证了历史的繁华，也见证了东南大学悠久的办学历程，是"止于至善"校训的精神图腾。虽然钢架在侧，枝干低垂，但它仍保持生机，每年开花结果。学校邀请园林专家对其精心养护，并摘取果实进行树苗培育，这样也可避免果实过多消耗植物能量。很期待它的小苗有朝一日能重返校园，在几个校区都栽种起来，后继传承。

罗汉松

科　属：罗汉松科　罗汉松属

• 植物生境（2018 年 9 月拍摄于丁家桥校区中心花园）

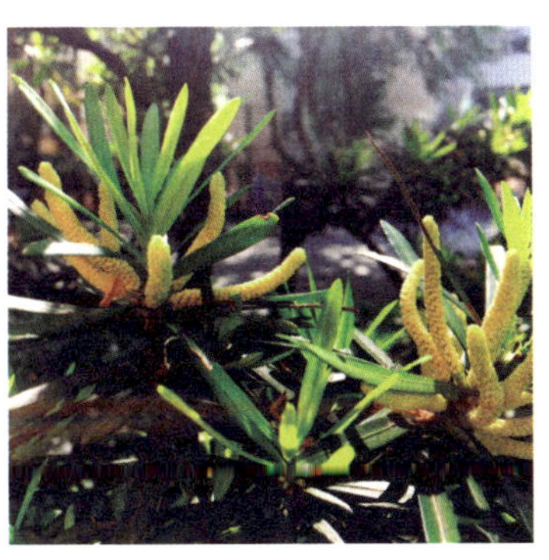

• 雄花（2018 年 5 月拍摄于丁家桥校区中心花园）

• 果（2018 年 9 月拍摄于丁家桥校区中心花园）

老夫聊发少年狂

从未想过校区近百岁的罗汉松竟有如此多，且树上还有能吃的糖果色果实！望着这些近百岁的老松，感觉它们在感慨“老夫聊发少年狂”。不过，以罗汉松可达千年的寿命而言，它的确还只是少年。

罗汉松是雌雄异株的常绿乔木，以其上下相叠的种子和果托形似罗汉而得名。丁家桥校区中心花园里有 3 棵罗汉松，久闻其名，却经年不见其果。中午去食堂的路上经过它，便抬头望望，从 10 月看到 1 月，再从 2 月看到 6 月，它的叶子螺旋着，树皮螺旋着，仿佛一切都在螺旋着。4 月下旬，旁边的雄株开出了黄绿色的穗状花。暑假里，又经过它，抬眼竟是满树的果实，原来它的果期在暑期！那瞬间的惊喜绝对可以与 37 摄氏度的高温相衬。炎炎烈日的照耀下，罗汉松的果实仿佛将整个夏日的热量都吸足了。历经 2 个月的时间，到了 9 月上旬，肉质的果托终于成熟，橙、红、粉、橘……各种漂亮的糖果色同时出现，此时是罗汉松最美的时刻。果托可以食用，味道平实而甘，十几颗下肚，嘴里就有些涩了。将绿色的种子种下去，可以长成小盆栽，爱花的人不妨试试。

现代月季

科　属：蔷薇科　蔷薇属

玫瑰玫瑰我爱你

5月的鲜花满载初夏的芬芳向我们而来，月季、玫瑰、蔷薇三姐妹冲锋在前。蔷薇科三姐妹的英文名皆是ROSE（月季为Chinese rose），但彼此实有区别，遵从国人的赏花传统，月季多被冠以玫瑰之名。

学校的玫瑰园虽没有玄武湖公园的那么大，却别具一格，因为它是宿迁玫瑰园！宿迁乃花木之乡，栽种月季的历史已有百余年，月季为其市花。此园为宿迁市政府捐建，耗资80万元，于2013年1月建成，总面积约3850平方米，内种红、黄、白、粉与复色现代月季60余种[①]。

我们现在所见多为经过园艺栽培的“现代月季”。名之为“现代”月季，是为了与“古老月季”有所区别。园艺界以1867年“法兰西”这种杂交

• 藤本月季（2016年5月拍摄于九龙湖校区宿迁玫瑰园，雷蕾摄）

① 数据来源：东南大学教育基金会。

• 宿迁玫瑰园西入口（2019 年 8 月）

茶香月季的培育成功为分界线，对月季因育种方式的变化而进行了新旧划分。现代月季较之古老月季，能预先控制培育品种的性状，比如花色、花瓣数量和大小等，花期更长，花色多变，但少有花香，因为开花需要消耗植物能量，在培育过程中不得不以香气的缺失为代价来换取长久花期。中国月季乃世界月季之母，为现代月季带来了连续开花和具茶香的特性。

近年南京的新模范马路、南京艺术学院、南京林业大学附近栽种大量藤本月季，每到花期五彩缤纷甚是壮观。

真正的玫瑰并不漂亮，但是有香气。国内花园中已很少种植，只在云南等地为提取它的香氛而大面积栽种，它是制作香水的重要原料，苦水玫瑰、大马士革玫瑰都在此列。经过蒸馏而得到的天然玫瑰精油气息甜美甘醇，是比黄金还要贵重的商品，一滴精油的香气足以萦绕数天。

蔷薇多为藤本，辨识度最高。南京街头栽种最多的是七姊妹（蔷薇），粉色的小花依次开放，密密的一团清香扑鼻。湖区宿迁玫瑰园里有悬钩子蔷薇、粉团蔷薇等品种，亦有花香。

小 蜡

科 属: 木樨科 女贞属

小蜡鼎甲

小蜡，又名花叶女贞，在女贞家族五姐妹（城市绿化常用的五种女贞属植物）中排行老二，其茎叶花俱似女贞而小，结小青实甚繁[①]。又因大姐女贞又名蜡树，所以它便得名小蜡。不过，它的香气很浓，远超大姐，仿佛一个家中的姐妹，老大稳重，老二聪明。小蜡的三个妹妹分别是小叶女贞、金森女贞与金叶女贞，后两者是栽培变种，在南京多以小灌木出现，叶片黄绿明丽，花期几乎与小蜡同步，香气很淡，以观叶为主。

学校三个校区各有一个纪念鼎，为百年校庆时所铸。丁家桥校区的纪念鼎位于中心花园，周围雪松、紫藤、罗汉松、绣球荚蒾都很

• 花（2019 年 5 月拍摄于丁家桥校区中心花园）

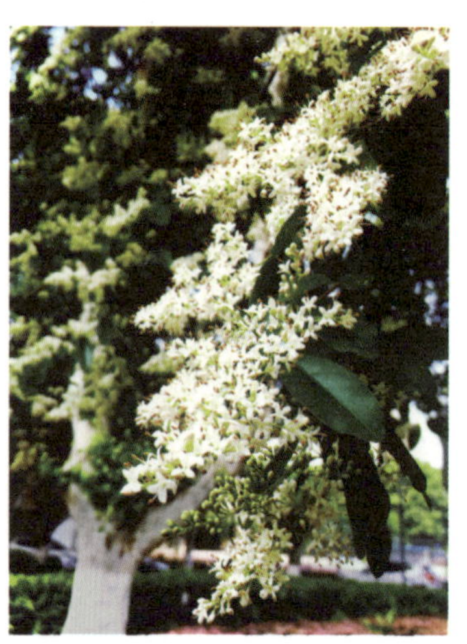

• 果（2021 年 1 月拍摄于丁家桥校区中心花园）

① 出自《植物名实图考》。

醒目，唯小蜡柔弱。近年来，逐渐长势喜人，花开繁密，浓香扑鼻，50 米外即可闻到。公卫楼、基一楼北各有一棵小蜡，树姿丰满，花白如雪瀑。

小蜡花丝细长，花药粉紫显著，细密的小花组成蓬松的塔形花序，想要拍个清楚还真不易（左页呈现在你眼前的，是 52 张小蜡花照片中的 1 张）。每次为等风停，常在心底默念："我的风啊，请停留三秒吧，1、2、3！"风真的就此暂停片刻，心诚则灵啊。很欣赏那些能将植物动态的美定格在静态画面上的摄影作品，可惜手机完不成如此大业。

在鼓楼广场见过修剪为 2 米高、错层平展的小蜡，奇特的造型让人想到当季流行的男士发型。

• 植物生境（2020 年 5 月拍摄于丁家桥校区中心花园）

溲 疏

科 属：虎耳草科 溲疏属

溲疏晓白

我在晨光中邂逅老图书馆前的两大丛溲疏灌木，便一拜其白，为之倾倒，更不消说它还有个颇为奇特的名字。“溲疏”中“溲”意为排泄小便，“疏”意为疏导，其根、叶、果皆可入药。

四牌楼校区六朝苑也有不少溲疏，皆是树冠如球，花枝垂地，穗状花序，花未开时如颗颗珍珠，绽放时如微小的莲花，成串垂下，随风飘动，繁密素雅。花朵的单瓣重瓣之分，如同人的眼睛分单双眼皮。石榴、木槿、棣棠、溲疏都各有单复瓣品种。

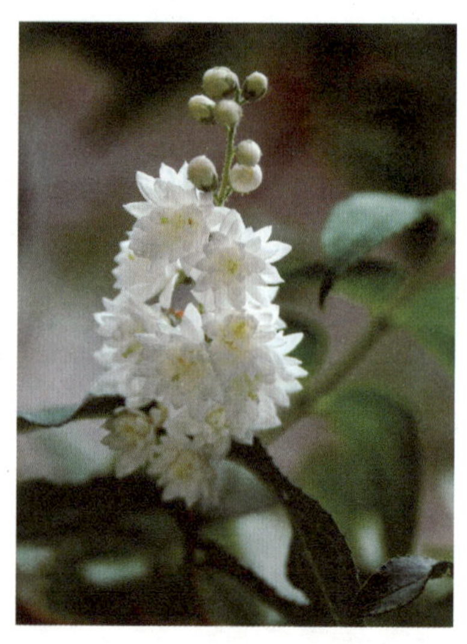

• 花（2018 年 5 月拍摄于四牌楼校区河海院，丛婕摄）

• 植物生境（2022 年 5 月拍摄于四牌楼校区老图书馆，丛婕摄）

黄金树

科　属: 紫葳科　梓属

三笑姻缘

• 花（2018 年 5 月拍摄于四牌楼校区吴健雄纪念馆，丛婕摄）

儿时看过一部电影《三笑》，说的是唐伯虎因秋香的三次佳人娇笑而得姻缘，我认识黄金树的过程，也堪比“三笑”：初时看花以为它是楸树，再看树冠以为它是梓树，三看树叶斑点才知道它是一棵黄金树。

黄金树的别名“白花梓树”更贴近它的日常样貌，也与它的近缘物种听上去亲近些。楸树、梓树与黄金树都是高大乔木，大叶碧绿。在南京，楸树花期为 4 月中旬，与牡丹同步，树冠狭高，花粉紫密集，树木高大而长寿，幕府山观音景区有一棵 140 余年的楸树。梓树大叶呈心形，长宽相近，可达 30 厘米，正反面都有微毛，叶脉五出，叶基有黑芝麻样的小斑点，花期与黄金树同步，多在5月上旬开花，北方城市比较多见。偶然在昆仑路见到成行的梓树，花却是白色，而非北方地区的淡黄色。黄金树叶子大小在三者中居中，前端渐尖长，正面光滑，背面有毛，叶基没有黑斑。黄金树花冠呈二唇形且芳香，花瓣内面有紫色斑点及黄色条纹，蒴果呈圆柱形。树干与梓树、楸树一样，都是良材。黄金树在平原地带是很好的绿化行道树。

四牌楼校区吴健雄纪念馆前有棵黄金树，枝干虫蛀后中空，一枝已残，另一枝仍顽强开花，花苞素白如绢，清雅妩媚，碧绿的叶片状如小扇翻卷细浪，衬托着朵朵唇形香花。细看那花瓣内里，10% 的黄色条纹、20% 的紫色斑点与 70% 的素白花瓣，真是和谐的初夏配色范本。

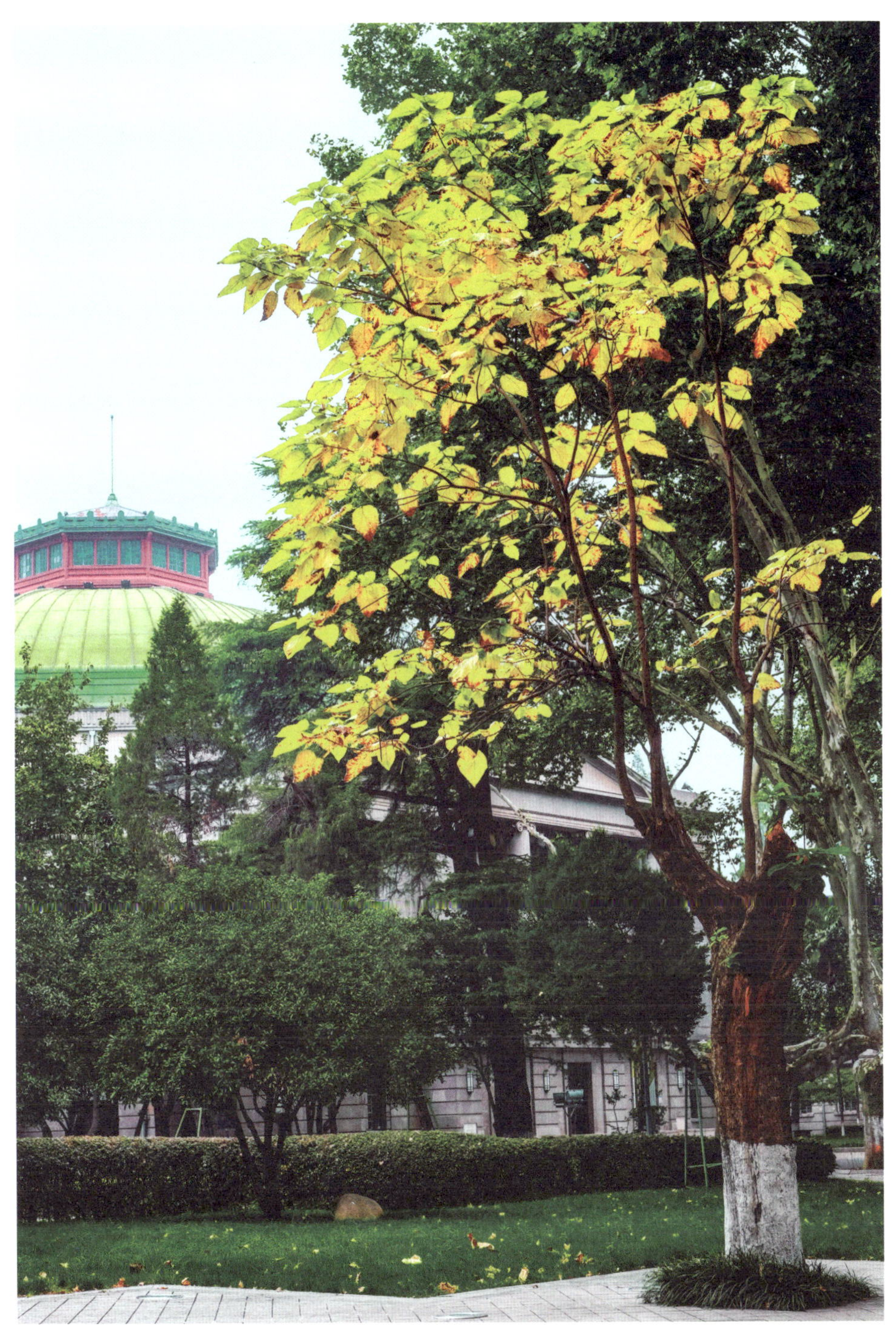

• 植物生境（2021 年 12 月拍摄于四牌楼校区吴健雄纪念馆，丛婕摄）

七叶树

科　属：无患子科　七叶树属

• 植物生境（2020 年 5 月拍摄于四牌楼校区五五楼）

• 花（2020 年 5 月拍摄于四牌楼校区五五楼，丛婕摄）

• 果（2020 年 8 月拍摄于四牌楼校区五五楼）

会刷睫毛的树

汉语中有象形字，植物中也有很多因形得名。七叶树掌状复叶，多为 7 个小叶片组成，由此得名七叶树。作为高大落叶乔木，七叶树主干笔直，冠大荫浓，是优良的行道树种，在南京林业大学有很多高达 10 米的七叶树，蔚然壮观。初识七叶树在玄武湖郭璞墩，只有一棵，恰逢其花季，硕大的白色圆锥形花序似华丽的烛台，又似伸出的羊角，非常引人注目。

2020 年 5 月，在四牌楼校区五五楼附近意外发现校园里竟也有此树。那天，立夏刚过，去拍五五楼的龙柏，忽而就发现在无患子、桂树、臭椿的包围中伸展着七叶树标志性的圆锥形花序，那么高那么远，却又那么明显，于是兴奋地喊来宣传部丛老师加以细拍。“它的睫毛刷得不错啊！”丛老师看着镜头中的七叶树，花蕊根根分明，翻卷上翘，说出了超级形象的比喻，我们都沉浸在有新发现的喜悦中。七叶树的果实很特别，大且形状不规则，拨开外壳后自有一番巴洛克珍珠的美，若是即刻涂上一层清漆，天然的纹理便可长久保存，既可作为植物达人的桌上摆件，也可串成项链，跻身四牌楼校区的创意产品，绝无雷同，在五五楼工作的小伙伴们不知可愿一试?

五五楼建于 1955 年，由著名建筑学家杨廷宝教授设计，属于南京工学院时期的建筑。白色外墙，立面朴素严谨，因地处校园东北角，顺势盖成了 L 形，师生多从位于拐角处的小门进出，朝西的正门掩映在绿树之中，少有人经过。正门有不大的门廊，方方正正，如今的房子大多不再有这样的设计了。细看门廊横柱，三面皆有祥云样的线条加以勾勒，设计师未在其中描绘图案，而只是留白。中西合璧、量体裁衣、洗练凝重恰是杨廷宝教授的建筑风格。

夹竹桃

科　属：夹竹桃科　夹竹桃属

竹桃双照

夹竹桃，假竹桃也，其叶似竹，其花似桃，又非竹非桃，故而得名。虽非名贵花木，但花色灼灼、花期长久，使它成为夏季庭院的主要开花植物。宋代汤清伯曾赋七绝《夹竹桃》诗：“芳姿劲节本来同，绿荫红妆一样浓。我若化龙君作浪，信知何处不相逢。”季羡林也曾为它的长久花期而叹服，且爱其月下多姿。

夹竹桃易于繁殖，为常绿直立大灌木，在南京很常见，仙林大学城文苑路、虎踞路都有大片种植。花色以粉红为主，复瓣居多，另有白花与黄花夹竹桃为人

• 植物生境（2019 年 6 月拍摄于九龙湖校区李文正图书馆前孔子像旁）

• 植物生境（2019 年 5 月拍摄于四牌楼校区中心楼）

工变种，单瓣为主，在广州更为常见。四牌楼校区中心楼下有两丛白花夹竹桃，树冠之大、花量之多，蔚然可观。中心楼东西向极长，楼内走廊几乎可以百米冲刺！楼外清晨的阳光毫无遮挡地尽情挥洒，光线强得令人眯起眼睛，若要拍此处的照片得登上对面的高台。不远处的建筑设计研究院楼东也有一丛白花夹竹桃，因靠着墙，树冠偏向一侧，碰巧成捧花模样，待到花尽，大量的落花将树下轿车装饰一新，不论新旧皆是一辆绚烂的花车。九龙湖校区李文正图书馆、两江西路也有夹竹桃，白红粉三色，或在孔子像一侧，或在水岸边与方石错落，都是夏日里的花景。

夹竹桃虽然有毒，但抗尘性强，生长旺盛，对二氧化硫、氟化氢、氯气等有害气体也有较强的抵抗作用，可植为绿篱，净化空气。

金鸡菊

科　属：菊科　金鸡菊属

• 植物生境（2019 年 5 月拍摄于九龙湖校区李文正图书馆北侧，雷蕾摄）

• 植物生境（2019 年 5 月拍摄于九龙湖校区九曲桥，刘明芬摄）

• 植物生境（2017 年 5 月拍摄于九龙湖校区两江西路，丛婕摄）

叶之震颤

当年若是选校花，我会毫不犹豫投金鸡菊一票！因为帝王黄与松针绿是校标的颜色。

2015年初到湖区，广袤的校园只有绿灰黄三色——绿树、灰楼、黄色的油菜花与金鸡菊。油菜花颇有田园气息，种了不少，但画面的表现力不及金鸡菊。云淡风轻时金鸡菊是淡淡的水彩，浓云密布中它转身就是厚重的油画。我爱它在初夏的微风中将文科楼的蝴蝶迷醉；我爱它在雨后的薄雾里花姿轻颤，为两江西路堆叠的石块带来柔和，那片花海让我想到《叶之震颤》——“极端的幸福与极端的绝望之间只隔着一片震颤之叶，生活莫不如此？”

身为外来物种，金鸡菊耐寒耐旱，适应性强，易于栽培，常能自行繁衍，花期可达月余，从中提取的天然食用色素是食品工业的良好添加剂。

• 花（2017年5月拍摄于九龙湖校区两江西路，丛婕摄）

睡 莲

科 属：睡莲科 睡莲属

假如给我四天生命

生命若以倒计时的方式计量，人生的活法会大不同吧？

一朵睡莲的寿命一般只有 4 天左右，在这不算长的时间里，睡莲以植物的智慧在为后代的延续而悄然变化着姿态。第一日上午开花，雌蕊先成熟，并在花心中形成一汪水，尚未成熟的雄蕊根根直立，如卫兵环绕，昆虫若是在此刻造访，那便极易坠落，虽完成了授粉，却也献出了生命。第二日、第三日雄蕊成熟，睡莲不但提供了美味的花粉，而且雄蕊上方闭合，形成了一个相对密闭的圆顶，采蜜很安全。这样的安排，是为了实现异花授粉。到了第四日，睡莲花开后花蕊闭合，整朵花就此沉入水中。

• 花（2017 年 9 月拍摄于九龙湖校区致远廊，丛婕摄）

相比于每朵睡莲，人的寿命远多于四天。2022年，我国人均预期寿命提高到77.93岁，那是28000多个日夜。这个数字有点儿大，容易令人产生不怕浪费的错觉。于是有人改为月计，它将是900多个月。再简单些，如果将时间等比浓缩成一天中清醒的18小时，不禁让人冷汗涔涔，天命之年的人生已到了晚饭时分！还没干过什么大事呢，继续写稿吧……

• 植物生境（2021年9月拍摄于九龙湖校区九曲桥莲池）

金丝桃

科　属: 藤黄科　金丝桃属

• 植物生境（2018 年 5 月拍摄于九龙湖校区文科楼九龙湖岸边）

私人订制的屏保

私人订制意味着独特，用花朵做个专属于自己的屏保吧。细节美丽的金丝桃是个不错的选择，以花蕊作为对焦点，即便没有专业的微距镜头，也能得到理想的画面。

金丝桃多为秀丽的小灌木。朝阳里它的明黄格外灿烂，众多的花丝格外出众，很衬得起“金线蝴蝶”的别号。文科楼与燕湖桥附近都有此花，一处自高处下垂，一处低伏于地，带给观者不同的视觉感受，大自然的雨露霜雪也为花带来不同的意境，衬托出花的独特神韵。微雨中，漫步于两江西路，观湖赏花，看那花丝与绿叶上颗颗水露，在这一弯墙的金丝桃下听雨小坐，也是一场心斋。

• 花（2007 年 5 月拍摄于作者住宅区花园）

石 榴

科 属：千屈菜科 石榴属

光影魔术手

近几年，女孩子出门大多都化好了妆，照片也可以“化妆”，比如LOMO风格。生活需要仪式感，也需要不断尝试。于是一贯崇尚自然主义的我，用上了某图片处理App拍摄了石榴的落花与果实。果然，在LOMO风格的暗角和高饱和色彩的滤镜下，地面琐碎的细节被滤去，石榴花红艳的色彩和花蕊更加突出。生活中若也用上这样的滤镜，是不是也可以魔力大增，更加快乐呢？

四牌楼校区榴园宾馆最初因留学生而建，取谐音，当时的校办主任时巨涛老师建议命名为“榴园”，并在楼下种以石榴。经年而过，如今已

• 落花与果实（2019年5月拍摄于四牌楼校区桃李园）

• 植物生境（2019 年 5 月拍摄于四牌楼校区榴园宾馆）

是一景，时巨涛老师说每见此灼灼红花便触景生情。榴园宾馆的石榴是单瓣品种，可以结果，每到 9 月，硕果累累；南高院楼下为复瓣品种，虽不结果但观赏价值高，与金丝桃、绣球、龙爪槐相伴，色彩丰富；礼堂北面桃李园的石榴最美，紫藤廊左近，晚樱林旁，数棵石榴枝干虬曲，姿态充满古意。5 月小满，收获在即，枝头绿萼红英，神韵耀眼。花渐开，果渐熟，并蒂连枝顿生喜意。雨后水滴凝结，分外灵秀。有学生经过，悄声议论论文答辩的事，又一届学生即将毕业，一股离情别绪，一阵依依不舍。他们是扬帆启航的小舟，要奔向五湖四海，学校是其心灵的港湾，可以随时停泊。

在南京吃到的石榴多是安徽出产，2018 年市场上出现很多新品，既有云南大理、四川大凉山的青皮石榴，更有超大的突尼斯软籽石榴，酒红的果料如宝石般剔透。东郊红楼艺苑里种有少量石榴栽培品种，唤作重瓣红、百日雪、玛瑙石榴、黄石榴等，其馥丽之美令人想到牡丹。进入 12 月，石榴树叶开始泛黄，馥郁的金与枫叶的红交织，又是别样的美。

绣 球

科　属：绣球科　绣球属

莫负厚望

• 花（2020 年 5 月拍摄于四牌楼校区南高院，丛婕摄）

绣球是极受欢迎的夏季庭院花卉。它是植物界的化学家，花色依土壤酸碱度的不同而变，酸蓝碱红。因花期长、色彩丰富，绣球颇得园艺家的青睐，现有众多栽培品种，“无尽夏”就是其中的佼佼者，不但新枝可以生花，而且耐寒。南京绣球公园便是一个以绣球为主题的别致去处。

学校四牌楼校区老图书馆、动力楼、金陵院、南高院，九龙湖校区行政楼都种有绣球，品种从“无尽夏”“塔贝”“红粉佳人”到“蒂亚娜”。每年柳絮飘散之后，它们便与石榴花一同迎接夏日的到来。绣球花怕晒，正午的强烈阳光会使花苞收拢低垂。但一夜过后，它们便再次精神焕发，恢复如初，仿佛一睡解烦忧。到了深秋，绣球的叶子逐渐长大，由绿转为浅黄，更富有观赏性。我曾在沈阳的寒冬中见到枯萎、凋谢的绣球丛，雪地里大片的褐色，虽只是枯枝却依然令人印象深刻。

四牌楼校区动力楼建于 1958 年，由著

• 植物生境（2020 年 5 月拍摄于四牌楼校区动力楼）

• 植物生境（2020 年 5 月拍摄于四牌楼校区动力楼）

名建筑师杨廷宝教授主持建筑方案设计。因位于校园东南角，从前并未留意。2018 年，信步行至楼前才发现此处别有洞天：水池周围植物丰富，高有棕榈、低有绣球，水中悬铃木与梛榆的浮叶如诗如画，一方莫负石将校友们莫负厚望的心愿娓娓道来。楼门口有一对南派石狮，雕工精致、线条流畅，兼有北派石狮的威武样貌，神气逼真，实乃精品，乃动力系 2004 届毕业生捐赠。附近的五四楼门前亦有一对石狮，为福建校友会于百年校庆时捐赠，模样也很威武霸气。

合 欢

科 属：豆科 合欢属

• 花（2014 年 6 月拍摄于四牌楼校区校东住宅区）

合欢愿夏

“也不知在黑暗中究竟沉睡了多久，也不知要有多难才能睁开双眼，我从远方赶来，恰巧你们也在，痴迷流连人间，我为她而狂野。”生如夏花，泰戈尔如此说，朴树如此唱，我们学校的合唱团也如此唱。我眼中的夏花是合欢，它如夏日的焰火点亮了我心中的愿望。“愿夏庐”是民国时期南京颐和公馆中的一栋房屋，我在湖区的艳阳中邂逅南工路那一溜儿合欢大树时，脑海里就忽而想到“愿夏”二字，感觉以之命名此景很别致。

素闻湖区有合欢，在地铁 3 号线东南大学九龙湖校区站、两江西路的小丘凉亭旁、文科楼附近都曾见过，后来发现图书馆前南工路的合欢十分壮观。2020 年 6 月，校办对

• 果（2021 年 11 月拍摄于九龙湖校区南工路，丛婕摄）

各单位秘书进行公文拟稿写作培训，地点初定在纪忠楼。我中午就到了湖区，想着可以去寻合欢。可是那天的校园有太多的风景，一切都太美了：蓝天、白云、阳光，教学楼的女贞、广玉兰、乌桕以及那满池的荷、坡上的木槿、孔子像旁的夹竹桃，甚至是低伏的蜀葵、水塘中的喷泉……它们合起伙来，绊住了我奔向纪忠楼的脚步。待终于口干舌燥地赶到南工路，望到合欢那如瀑的小扇子，时间已所剩无几。学校太大，有太多我没见过的风景。

合欢在20年的繁盛期后将逐渐衰老，即便树龄不长，我仍对合欢情有独钟，为那浓郁的色彩、傍晚的香气和羽叶的光影。我曾在江苏省美术馆见到画家以拓印手法展现各种秋叶之美，近乎全黑的底色衬托着灰黑的叶片，植物在除却自然的缤纷后呈现出立体而深邃的观感，有荒木经惟的摄影风格，那是柏拉图的美浮现出来了吗？

• 植物生境（2019年6月拍摄于九龙湖校区南工路，丛婕摄）

苏 铁

科 属：苏铁科 苏铁属

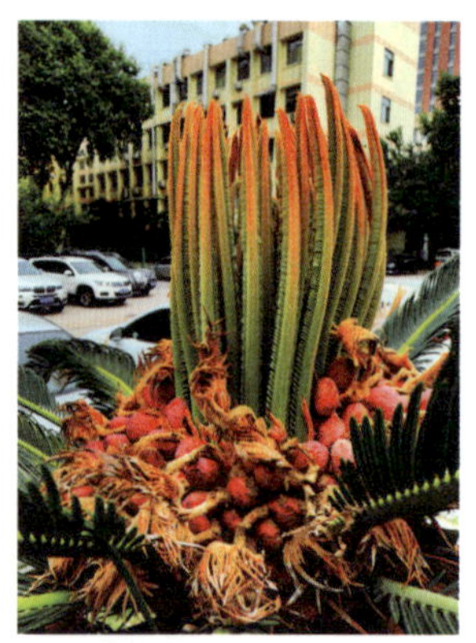
• 新叶（2020 年 5 月拍摄于丁家桥校区金川河畔）

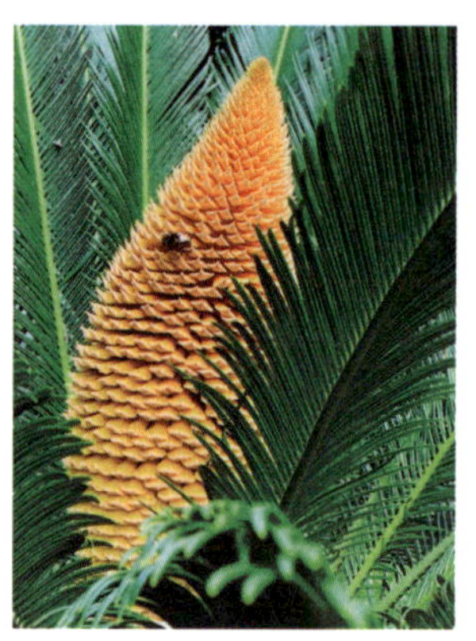
• 雄花（2020 年 6 月拍摄于丁家桥校区金川河畔）

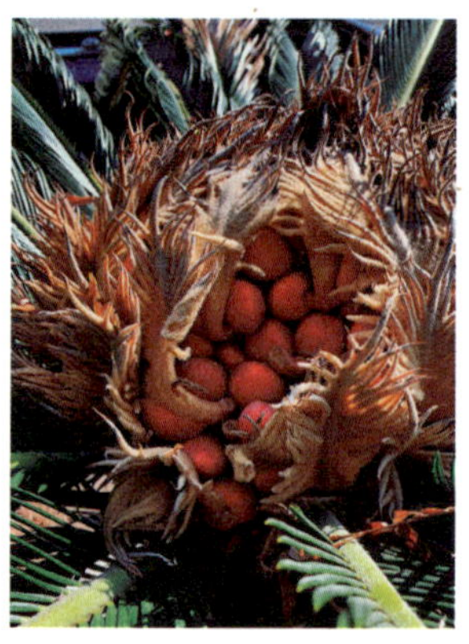
• 果（2019 年 11 月拍摄于丁家桥校区金川河畔）

铁树开花

花园中的苏铁虽非一位闪耀的美人，却是一个令人惊异的角色。苏铁常绿，似无变化，若你拨开层叠的针叶，便会发现它的细节大有看头。丁家桥校区金川河畔曾有 12 棵苏铁，正是它们让我看到了苏铁的整个生长周期。在 2020 年此地要改建为运动场时，我大胆向总务处提出搬迁的构想，想要促成湖区纪忠楼附近建成南京市区种植苏铁数量最多的苏铁园。

苏铁的另一个名字“铁树”更广为人知，平时大家都说铁树开花难得一见，在南京树龄 10 年以上的苏铁几乎都可以开花结果，只是并非年年都有，因为雌株、雄株都需要休养生息。

9 月的苏铁刚过花期，硬如铁的大叶里包裹着尚未成熟的硕大“米色包子”，那里面是一窝漂亮的“凤凰蛋”，每一片羽叶牵着两颗橙红的种子，毛茸茸的甚显萌态。在充分汲取天地之精华半年后，它们终见天日，翻卷而出。整簇的绿叶也在这堆种子间蓬勃而生，如利剑直指云霄。新叶翠绿微卷像凤尾，苏铁的拉丁语学名 *Cycas revoluta*，正是形似棕榈、叶片卷曲之意。

雄株的花也极为另类，它们在 6 月初崭露头角，半个月后形成浅绿色莲座，又半个月开始快速长高，成为金黄色的超级“玉米棒”，高约 40 厘米，直径 10 厘米以上，细密的小孢子叶排列十分整齐。我曾幸运地见到金龟子停在上面，那是它们的授粉红娘，完成任务的金龟子腾空而起，盘旋一周后如战斗机般得意飞离。

苏铁大约起源于 3.2 亿年前的古生代石炭纪，是现存的最古老的裸子植物之一，堪称植物活化石，1999 年我国将该属所有种都列为国家重点保护野生植物。苏铁生长缓慢，寿命可达 200 年以上，喜光喜铁，因而得名。在南京需要稻草包裹方可过冬。深圳仙湖植物园建有国家苏铁种质资源保护中心；攀枝花苏铁国家级自然保护区有迄今为止世界上纬度最高、面积最大、分布最集中的原始苏铁林。

• 植物生境（2021 年 9 月拍摄于九龙湖校区纪忠楼）

女 贞

科 属：木樨科 女贞属

夏日香气

四牌楼校区的建筑极富民国特色，周围的植物与它们相得益彰。大礼堂周围春有玉兰，冬有雪松，秋有法桐，唯有夏天还不知以何相称。夏至前，走在大礼堂附近，一阵淡香让我将目光转向了女贞。我先是远远望见了树梢的淡色花朵，再去寻它们生在何处，终于在中心楼的三层转角处寻到了。

学校三个校区都种有女贞，九龙湖校区教学楼和梅园宿舍周围数量最多、最美。九龙湖校区的建筑均为灰色调，看着相似，但在窗、外墙立面、角楼等细节富于变化。教学楼的外墙让我想到柯布西耶的建筑风格，几何变化的线面为女贞带来丰富的欣赏角度。梅

• 花（2021 年 6 月拍摄于九龙湖校区教学楼，丛婕摄）

• 果（2018 年 11 月拍摄于丁家桥校区电镜楼）

园宿舍外的女贞作为行道树有近百米长，冬季来临前树干被刷了生石灰，丛老师以紧贴路面的视角拍出了“白裤子”的风景。丁家桥校区电镜楼附近也有女贞，果实繁密，触手可及。成串的绿色果实，晒干后就是中药女贞子，经冬不落，是鸟儿们的过冬美食。

女贞一般不会长得很高大，因其树木坚韧、含香待雨而多种于古典庭院女主人的居所。因四季常绿，江南人将圆叶冬青和女贞都唤作冬青，女贞叶的蒸馏物便是香料中的冬青油。古时女贞适合放养蜡虫，虫子的分泌物能制作白蜡，女贞因而又名蜡树，而它的同属姐妹，香气更为浓艳者便得名小蜡。如今人们不再用此种方法制蜡了，女贞以其对大气污染的良好抗性从经济树种成为具有观赏性的行道树。

• 植物生境（2021 年 11 月拍摄于九龙湖校区梅园，丛婕摄）

厚萼凌霄

科　属：紫葳科　凌霄属

凌霄竞日

李时珍在《本草纲目》中记载："附木而上，高数丈，故曰凌霄。"为了将医林餐厅外的这片凌霄拍出全貌，我跑到附近老干部处的楼顶露台，真心期待有朝一日这里能建个有阳光房的咖啡吧，师生可以在饭后坐坐聊聊。

厚萼凌霄开花是盛夏到来的号角，它们的花朵状如小喇叭色呈浓烈的橘红，宣告着高温的临近。厚萼凌霄原产于美洲，多年生木质藤本植物，花期长达月余，跟南京的梅雨季恰好同步。暑假过后，藤蔓上满是绿绿的蒴果，待到成熟，种子又薄又多，数量惊人。11月中旬叶色转为明黄，璀璨耀眼。玄武湖城墙上也曾凌霄满布，后来为保护城墙将其清理，聪明的凌霄便将藤蔓转向附近的水杉，有

• 花（2020 年 6 月拍摄于丁家桥校区医林餐厅）

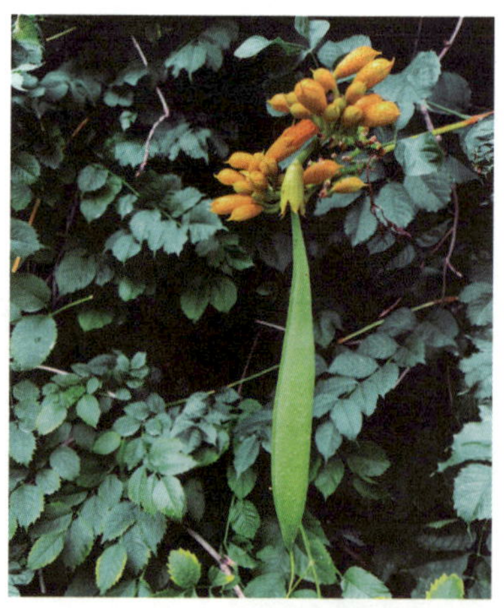

• 果（2022 年 7 月拍摄于丁家桥校区图书馆）

几棵大树被它紧紧缠绕，几近枯死。

同属不同种、原产于中国的凌霄是连云港名花。在城南老门东、熙南里可以见到它们，开花略晚月余，花期更长。薄嫩稀疏略输气势，但更有文艺感，攀在一幢幢老房子上别有风情。

• 植物生境（2018 年 5 月拍摄于丁家桥校区医林餐厅）

芭 蕉

科 属：芭蕉科 芭蕉属

• 植物生境（2019 年 9 月拍摄于东南大学附属中大医院内科楼花园）

雨打芭蕉

吃了那么多年的香蕉，我却没有见过香蕉树……

某天在东南大学附属中大医院内科楼花园里见到一大丛芭蕉，心下惊喜。绿叶中正吊着一只硕大的垂花，伸手触碰，又重又硬，花瓣一层开罢再开另一层，井然有序，或许汽车设计师就是仿生了它才造出翅膀样的门吧？芭蕉是一边开花一边结果的，成排的果实就在离花不远的茎秆上，由近及远慢慢成熟。花瓣下密集排列的花蕊也很硕大，熊蜂能尽情享用花蜜丰润的汁液。

• 花果（2019 年 9 月拍摄于东南大学附属中大医院内科楼花园）

芭蕉在产地如同最普通的农作物，宽大的芭蕉叶被直接用作餐盘；而在诗人的作品中芭蕉是用来听雨的，雨打芭蕉，东一点，西一点，点点愁人。白居易说出了芭蕉的本质：“筋骸本非实，一束芭蕉草。”它虽健硕，却是草本植物。蕉叶易破，不凝不滞，日本诗人松尾芭蕉从中浮想，以俳句劝解人们不必介怀生活的变幻。广东有民乐《雨打芭蕉》，高一声，低一声，很是婉转，高胡的演奏诠释了雨滴的欢快，与诗词中的离愁别绪全然不同。

梧 桐

科 属：锦葵科　梧桐属

植物生境（2019 年 11 月拍摄于四牌楼校区梅庵）

月洗高梧

南京人习惯将二球悬铃木称作梧桐或法桐（即法国梧桐），“假”梧桐闻名全国，“真”梧桐什么样？

2019 年春，我去四牌楼校区专家楼送文件，出来时看到一楼的那丛芭蕉正绿，无意中又见它附近有一棵大树，树干青绿笔直而光洁，10 米以下全无分枝，好神奇。抬头顺着望去，只见绿如古玉的大叶一派疏朗清逸，整棵树看上去卓尔不群。忽而猜测这是梧桐吗？带有“桐”字的植物，多是叶大如掌的，比如法桐、泡桐。果然这就是

果（2020 年 8 月拍摄于四牌楼校区李文正楼停车场）

• 花（2020 年 6 月拍摄于四牌楼校区专家楼）

真正的梧桐，静立于此我却不识！法桐正是因为叶大干绿、树木高直形似梧桐而被人叫作“梧桐”的。南京栽种的梧桐太少了，如此零星分散的栽种，被张冠李戴全无翻身的可能啊。

自此开始留意梧桐的花期，盼望看到它开花的样子。网上虽有照片却总是让人意犹未尽，唱片总是比不上演唱会现场！当女贞花将谢不谢的时候，我在上班途中愿望得偿。它只一棵夹在一排女贞之间，若非随意一瞥几乎错过。我过了马路，奔到树下，太多花了，密密麻麻的圆锥花序泛着浅淡的鹅黄。遗憾它们没有一丝香气，但见众多的熊蜂上下翻飞忙碌不停，只有落花才能让人观个真切。细小的它们个个翻卷着花瓣，薄薄的一层散落在车顶。若非就在树下，真是难以想象它们是如何聚沙成塔组成那么密的花序的。一个月后，叶间出现类似带翅膀的蓇葖果，还是绿色，甚是低调。秋末，校园法桐最绚烂的时候我又想到了那棵真正的梧桐。它仍在那里，叶已经黄透。没几日忽而降温，一夜风雨将满树的叶吹落大半，望着那一地黄叶，不似法桐落叶的壮观，我只感到寂寞梧桐锁清秋的滋味。

梧桐原产于中国，是我国最早有诗文记载的著名树种之一，根深叶茂，雌雄同株，乃忠贞爱情的象征。元代画家倪瓒留下的洗梧桐的故事被后世津津乐道。梧桐木材轻软，为制木匣和乐器的良材，种子可炒熟食用或榨油，树皮纤维可用来造纸、编绳。

莲

科　属：莲科　莲属

九曲揽荷

说起莲，我首先想到的便是睡莲，却不知莲实乃荷花的正式名称。这是时常浏览网页的好处，从各种名字入手能够明晰对植物的认识。莲还有一个文绉绉的别名——菡萏。初见这个别名是在看电视剧的时候，当时觉得这两个字颇为陌生，一查方知也是指荷花。清丽的荷花让人百看不厌，在南京几乎有水的地方就有荷花，从市区的玄武湖到周边的美丽乡村，赏荷的地方很多。九龙湖校区的“九曲揽荷”堪称校园的夏景代表，每到花开，一池菡萏红艳。九曲桥上实际只有六道弯，直肠子的人应该每日多走几遍，得个百转千回的柔婉表象也好。

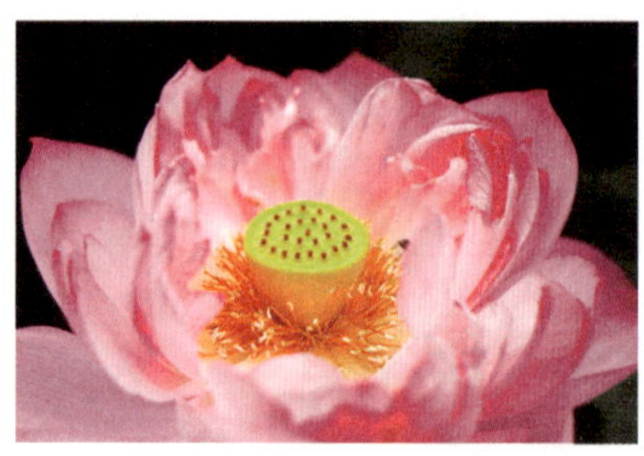

• 花（2021 年 6 月拍摄于九龙湖校区九曲桥，丛婕摄）

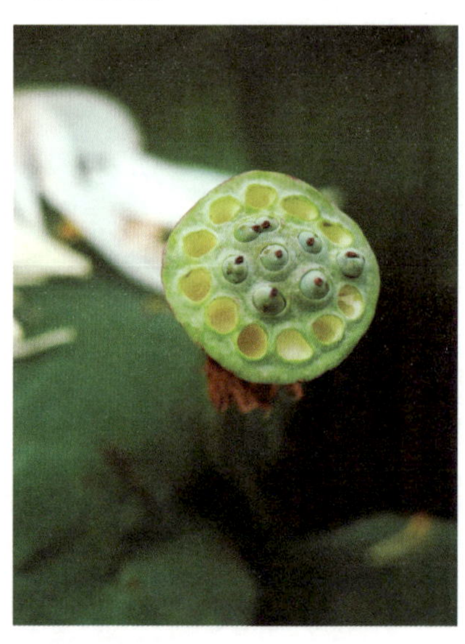

• 果（2021 年 8 月拍摄于九龙湖校区九曲桥，丛婕摄）

偶尔从桥上走过，面对这一池温柔的花，我便渴望能有一身轻功，如武林高人般跃地而起，将无穷美景尽收眼底。“毕竟西湖六月中，风光不与四时同。接天莲叶无穷碧，映日荷花别样红。”诗词中再找不出比这更恰当的描述了，但我仍有点儿迷恋“菡萏”这个词，便去找寻能将文绉绉进行到底的诗句，最终还是《诗经》满足了我的想法：“彼泽之陂，有蒲菡菡。有美一人，硕大且俨。寤寐无为，辗转伏枕。”

看《舌尖上的中国》，不但被用莲藕制作的各种佳肴美馔所吸引，更被职业挖藕人出行的船影打动。清晨的阳光中，一只只小船寂静出发，滑向湖中，天寒地冻中在泥泞里找寻，耗费很多体力的劳动最终换来了人们餐桌上的美味。想想全世界每年约有三分之一的食物被浪费，这真是个惊人的数字。若是在九曲桥下挖过藕，食堂的饭菜估计吃起来会更香。

• 植物生境（2019 年 6 月拍摄于九龙湖校区九曲桥，丛婕摄）

紫 薇

科 属：千屈菜科 紫薇属

独坐黄昏谁是伴

这张有鸟儿停在树枝上的紫薇照片是本书含金量最高的两张照片之一！湖区有很多美丽的鸟，但想拍下来却是不易，不但要有好镜头，更需要时机。在接近40℃的烈日下，丛老师几乎走遍校园才找到这棵有楼宇衬托的紫薇树，恰逢一只喜鹊在飞，便悄悄靠近，正上下寻觅合适的拍摄角度时，这只鸟与丛老师“心心相印”，按照丛老师期待的那样飞到树枝上，停留片刻，保持住姿态优美的半侧面。这样的相遇让人心脏狂跳，却要屏住呼吸以防手抖，迅速轻按快门。

南京8月的灼热让学校的非洲留学生都回家避暑了。烈日下，只有紫薇与荷花依然绽放，独占芳菲当夏景。白居易曾为紫薇三作诗咏，最脍炙人

• 植物生境（2020年8月拍摄于九龙湖校区李文正图书馆，丛婕摄）

• 花（银色）（2019 年 8 月拍摄于九龙湖校区桃园餐厅）

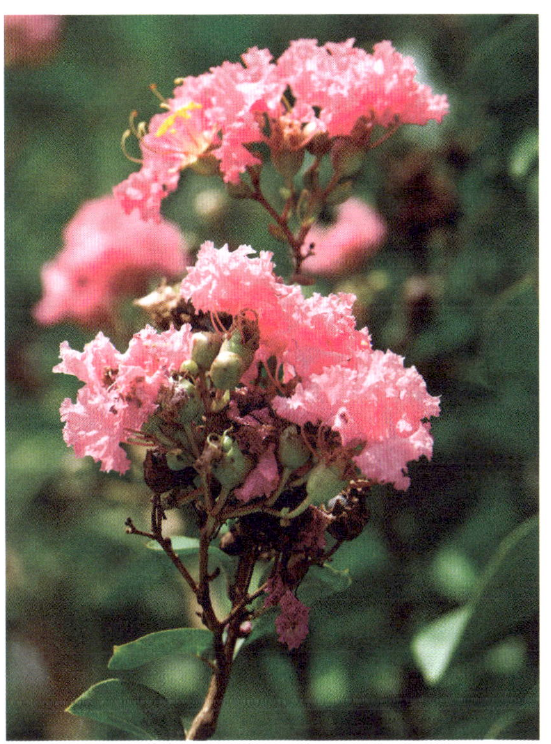

• 花（紫色）（2020 年 8 月拍摄于九龙湖校区李文正图书馆，丛婕摄）

口的便是“独坐黄昏谁是伴？紫薇花对紫微郎。”人们盛赞傲雪凌寒的梅，我看仲夏的紫薇也足可贵。它舍弃了树皮，让自己一身光溜，枝条纤柔，貌可入画，花期不短，色彩鲜艳，不高大却能百岁，是在炎热中给我动力的美物。

九龙湖校区橘园、梅园、东门、北门多处种有紫薇，花瓣以粉紫色居多。玄武湖、梅花山等地可见到百年以上的古树。药物园里可见银、碧、赤、紫四色，也有一花多色的。南京于 2019 年 9 月从美国引进香花红叶紫薇种于龙蟠中路，花色更加艳丽，新叶嫩红，老叶墨绿，新老交替时则墨绿带紫，花开时有清新芳香，与众不同。

复羽叶栾

科　属：无患子科　栾属

迷彩青春

如果有人问我世间哪种树最美，我一定毫不犹豫地指向它：栾树。复羽叶栾是比红枫更美的树，公认最美的红枫属于深秋，而栾树则代表着初秋的9月，新学年的开始。

为了拍校园初秋的草木，周末开车1小时从城北奔向城南。军训刚开始，一进校门就听见了此起彼伏的口令声，不禁想到30年前自己军训时的点滴，心潮起伏。在南高北路远远看到一队人马走来，手机没有

• 花（2019年8月拍摄于九龙湖校区桃园）

• 果（2019年10月拍摄于九龙湖校区南工路）

那么远的对焦范围，只想等他们走得更近些，拍下在栾树下行进的迷彩青春。幻想的画面很美好，然而现实很骨感。身板笔直、步伐威武的年轻教官突然一声令下：原地踏步走！面色黝黑的迷彩服少年们开始左顾右视。人家不想再靠近了，赶紧按快门吧。或许人家心里在嘀咕：白上衣红裤子，哪儿来的阿姨举着手机乱拍。我自己也难为情，下次出门怎么也得穿个摄影师马甲，着装对一个人的影响太大了！

• 植物生境（2019 年 9 月拍摄于九龙湖校区东南路）

石　蒜

科　属：石蒜科　石蒜属

与光影的邂逅

2020 年很多植物花期陡然提前，有的甚至早了月余。校外的石蒜在 8 月上旬就已开花，校内的却迟迟未开，等到新生报到时才开放。9 月 16 日看到大礼堂附近的法桐脚下开着一丛丛红花石蒜，细雨朦胧中何其美丽！我将用手机拍的石蒜照片发给丛老师，她说："好，等着，我拿相机去拍。"过了两日，丛老师发来消息，平静中透着兴奋："刚才去办公室的路上，遇到了一只蝴蝶。但它只给了我 30 秒，还没来得及调好角度就飞走了。"红与黑多好的对比，在我看来已经很完美了。

下方插图中的忽地笑（黄花石蒜）的背景看似黑暗，实则是丛老师在清晨拍的。它们长在老图书馆西侧的小路上，高大的枫杨遮蔽了上方的光线，清晨的柔光偶有几缕透过树枝的缝隙洒落下来，遥远的"追光"将忽地笑这个唯一的主角留在了舞台的中央。

• 忽地笑（2013 年 8 月拍摄于四牌楼校区老图书馆，丛婕摄）

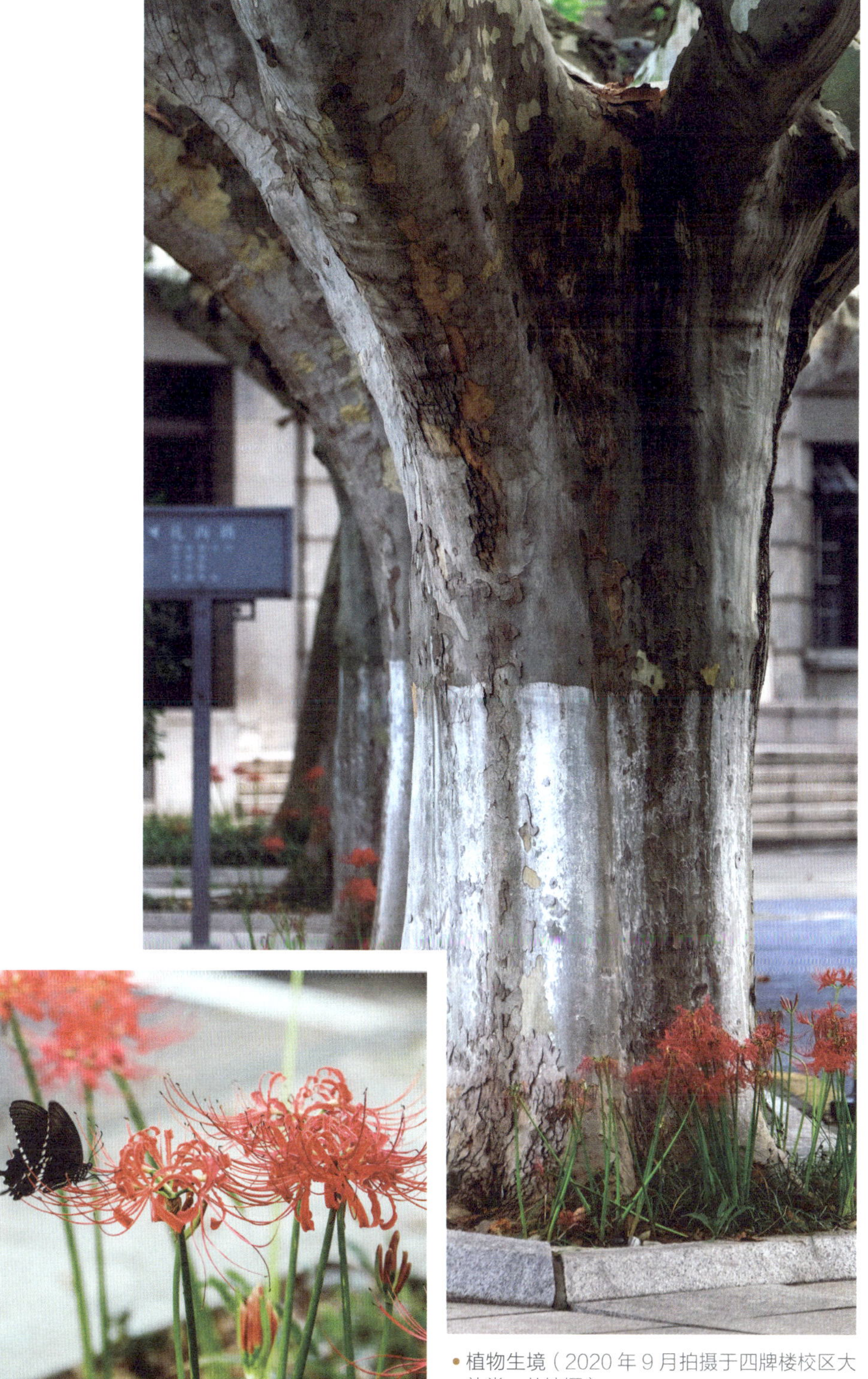

• 植物生境（2020 年 9 月拍摄于四牌楼校区大礼堂，丛婕摄）

无患子

科　属：无患子科　无患子属

江南菩提

初来湖区，听说有很多“菩提树”。中午走在两江西路，发现草丛里有很多小果，摸起来滑腻腻的，这就是“菩提”的果实，掰开看看，里面黑而圆的果核，确实与在鸡鸣寺买到的手串相似。一年后再去湖区已是立秋，又来到那排树下，此时果子还在树上稳稳地挂着。既然我们如此有缘，那便彼此认识一下吧：“你好，无患子。”

• 初生的果（2020 年 8 月拍摄于九龙湖校区两江西路，丛婕摄）

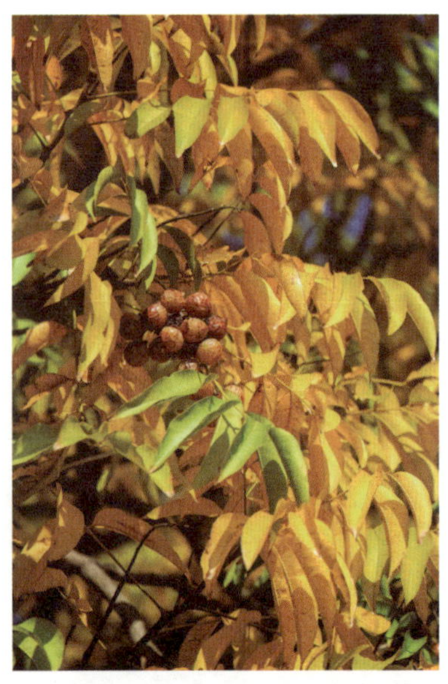

• 成熟的果（2021 年 11 月拍摄于九龙湖校区教学楼，丛婕摄）

• 植物生境（2018 年 11 月拍摄于九龙湖校区经管楼）

在江南，真正的菩提树不易成活，无患子因其果核坚黑纯圆，可以用来制作佛珠，俗称菩提子（百姓将无患子树称为“江南菩提”）。无患子生长较快，寿命可达百年，果皮下黏稠的汁液是天然的洗手液，古人早有发现，因而唤之“洗手果”，但用时要十分小心，不小心滑入眼睛刺痛得很。无患子 5 月开花，落花细细密密将砖缝填满，仿佛在田字格上写信，端端正正。11 月下旬叶色由绿转黄，呈现出“黄金树”的魅力。

经管楼附近的无患子树虽没有两江西路、教学楼附近那么多，但胜在所处环境静谧。满地的金叶铺在脚下，让人想徜徉于此度过一个午后。或者捡上几个无患子果，跑去实验室，用机床打孔自己做个手串，绝对的私人订制、湖区特产！

榔 榆

科　属：榆科　榆属

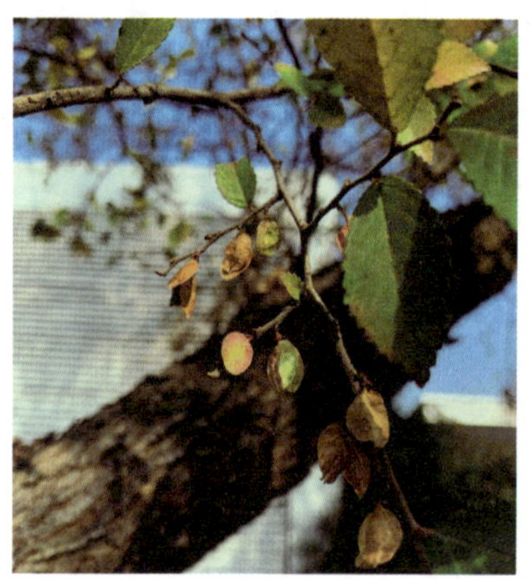

• 果（2019 年 12 月拍摄于南京地铁三号线东南大学九龙湖校区站）

• 植物生境（2020 年 9 月拍摄于四牌楼校区动力楼莫负石旁，丛婕摄）

榔花莫负

高大的乔木要么不开花，若开花，必是令人惊叹的美。我能完整地认识榔榆，得益于与它的四次相遇。

初见榔榆是在东郊步道，被它奇特的树皮吸引，暗调的灰褐色上均匀分布着立体浮雕样的斑点，让人想到非洲——虽然我还没有真正踏上过那片土地。再见榔榆是在动力楼附近，我先是注意到它落在水里的浮叶，校友会堂后有一处假

• 树干（2022 年 1 月拍摄于南京地铁三号线东南大学九龙湖校区站）

山水池，水里落叶极多，影影绰绰中幻化出美图，我竟一时看得入了迷，旁边立着“莫负石”，此乃动力系校友毕业 30 年时捐赠。三见椰榆终于看到了它的花，秋季南京中山植物园里的椰榆树上开满黄色的小花。榆树一般春天开花结榆荚，椰榆则是秋花秋果。四见椰榆看到它的果实，湖区地铁站出口的椰榆树枝没有被修剪过，满树金色的果实正在可平视的范围。

观看植物，不时发现它们出人意料的一面，大自然的美毫无预兆地与你撞个满怀，就这样在不知不觉中治愈了人心，365 天从无例外。我一边看植物的实物，一边去学校的图书馆里寻宝，有理论指导才能更好地去观察。有关植物的书越来越丰富，渐渐翻看，我也开始在书上留言，尝试着以一句话去概括一本书的独到之处。某天它或许能与其他的读者相遇，我感觉阅读也是需要交流的，好比古人的更唱叠和。

椰榆因其萌芽力强，姿态古拙，根可做盆景。树木材质坚韧可做家具，树皮可造纸，茎叶可入药。陕西南梦溪有棵树龄约为 3000 年的椰榆古树，期待莫负石旁的椰榆也能达到千年。

桂 花

科 属：木樨科 木樨属

书苑天香

桂花树四季常绿，在南京开花时恰逢中秋前后，吃湖南路现烤的月饼、赏灵谷寺桂花、看玄武湖月亮，这些是金陵人独有的享受。我在桂花香飘的夜晚不愿回家，只想在浓香的树下躺着，假装自己

• 桂花满地（2008 年 10 月拍摄于四牌楼校区，丛婕摄）

• 校徽（来自东南大学官方微信号）

• 纪念章（来自东南大学官方微信号）

视力不错，能够看到夜空的繁星点点，再来瓶桂花酒，做个美梦：开家不大的店，集合花香、书香、茶香甚至酒香、饭香的店。

江南园林中，桂花树常与玉兰、海棠、牡丹相伴，取其“玉堂富贵”的谐音。学校里的桂花树没有伴儿，它们只求书卷气。四牌楼校区的每栋楼外几乎都有桂花树，大礼堂前的丹桂为自控系 1986 级校友在 2010 年捐赠，花谢时金红的小花满地，我便顺路收集一捧放入自制的锦缎香包，这是四牌楼的特产之一。体育馆前的桂树衬着方格窗棂，女生们穿上复古风的小裙或旗袍在此留影，这是四牌楼的摄影打卡地之一。若是沙塘园的餐厅和面蒸出桂花糕，那将是四牌楼的校园美食之一。看来我有做梦的体质，一枝小小的桂花竟能激发出这么多的想象！丁家桥校区的桂花金、银、丹三色皆有，银桂每年结果，像极了小青芒。九龙湖校区北门的交通环岛上也有桂花树，从土木工程学院楼上俯视可见全貌。直径近 20 米的花坛里桂花树居于中央，四周是杜鹃、海桐以及黄杨的灌木带，修剪得非常齐整，这是一进校门就可见的“桂冠”，不知可有“蟾宫折桂”之意？

桂花可以入馔，桂花糖芋苗、桂花赤豆小元宵都是南京的特色小吃，南京最出名的盐水鸭还是以桂花为商标的。桂花与板栗也是好搭档，秋季有这组“搭档”味道的蛋糕和咖啡特调。厨房里常用的调味品桂皮却并非来自桂花树，而是肉桂树的树皮加工而成。一字之差，气味天壤之别。肉桂乃樟科樟属植物，原产于中国，自 18 世纪成为热带经济作物，现以斯里兰卡出产最多，科伦坡的七星级酒店就以“CINNAMON”命名。肉桂制成的精油气息甜辣浓烈，香水常以之表达成熟性感、东方馥郁的感觉，喜爱的人欲罢不能，不爱的人闻之色变。桂冠诗人中的“桂”则是樟科月桂属植物的树枝，取意于月桂的拉丁文“赞美”。

何首乌

科　属：蓼科　何首乌属

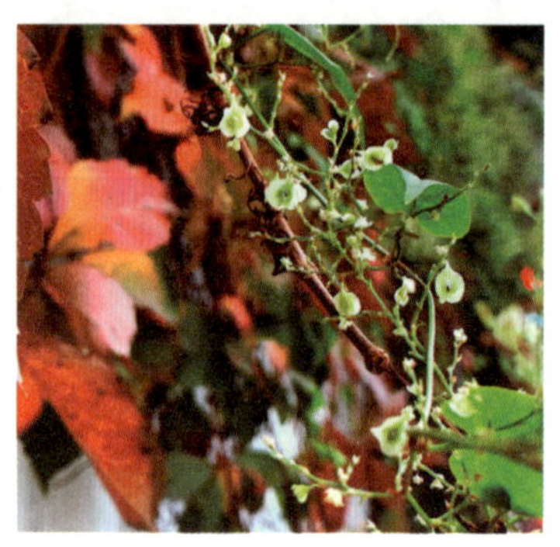

• 果（2019 年 11 月拍摄于四牌楼校区李文正楼停车场）

“神　药”

寒露之时阳光温煦，再无恼人的热，只有飒爽的风。午后的李文正楼下，停车场里一片寂静，孝顺竹的绿篱仍是与春夏时一般的翠绿，构树多汁的红果仍有部分挂在绿叶间，喜鹊不时飞到眼前、眨眼又飞向角落里的臭椿，臭椿的枝顶已挂满了干枯的翅果，一旁低矮的树枝上没有果实，被青绿的小碎花尽数占领，那就是何首乌的花，大名鼎鼎的神药仙草何首乌竟也有花，且是这么摇曳空灵的样子，说起来很多人都不相信。

何首乌身为蓼科植物，开花清丽并不奇怪，你去看看水边的红蓼便知蓼科植物多美人。何首乌最有药用价值的部分是根，所以给人朴实无华的印象，好像只是药房中的一个“木疙瘩”。“夜交藤”，何首乌在民间传说中的另一个名字，或许能带给你更多想象，藤本植物有枝枝蔓蔓自是理所当然。何首乌据说食之可白发转黑、延年益寿，看着它在路边的墙头或荒郊的山野以大片的豆绿生机勃勃地将宿主遮个细密，你便不用怀疑它的药效了。只是野生的何首乌生长周期漫长，外观成形至少需要数十载，如此吸收了诸多天地之精华，我等凡人又怎么舍得吃了它呢，白发就白发吧，看着它的花足矣。

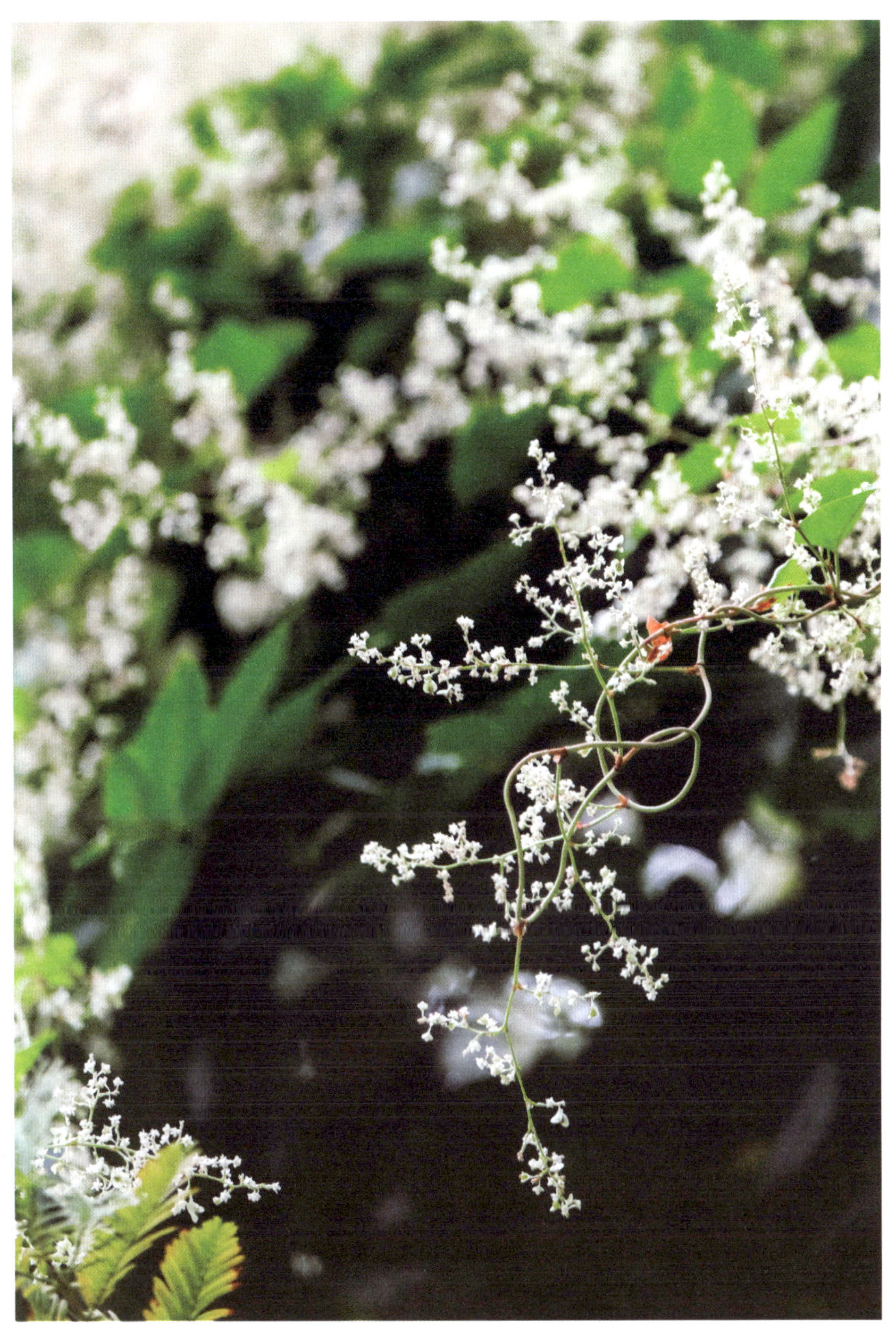

• 花（2019 年 10 月拍摄于四牌楼校区三江路，丛婕摄）

荻

科 属：禾本科 芒属

荒地里的油画

我在湖区不起眼的角落见到了荻呈现的不同色彩：10 月阳光中的银白、黄绿与 11 月乌云下的柴红。

湖区开阔的水面不乏芦苇的身影，同是禾本科的荻则在陆地上悄悄地开疆拓土。它们长在林子深处，原本算不得惹眼的景观，但在从图书馆去行政楼的路上，我却被它干红如柴的茎秆吸引了过去。近人高的穗状花序飘在半空中，半小时前还是晴空万里，此时却乌云低沉的天空出人意料地给这片草地以油画般的意境。“浔阳江头夜送客，枫叶荻花秋瑟瑟。”白居易在《琵琶行》中描写的愁绪和萧瑟在此刻的飒飒风影中我似有体会。

荻，又名霸土剑、红柴，多年生高大草本植

• 植物生境（2019 年 11 月拍摄于九龙湖校区三江西路）

物，以中国为分布中心，长江流域及以南地区最为广泛。荻的化学营养成分接近优良牧草黑麦草，可作为优质饲料，它还集绿化、美化和固化功能于一体，是优质的防沙护坡植物，可用于环境保护、景观营造。此外，荻的燃烧特性好、再生能力强，是具有应用潜力的草本能源物质之一。它的茎秆质地细腻，纤维丰富，是优质的造纸原料，可以代替木材用以造纸和生产人造纤维板。

南京中山植物园的禾本科植物专类园为国内独有，其中不但有荻，还可见到南荻、芒、芦苇、粉黛乱子草等。看到大片原野中的柔美风景，你会感到秋是属于禾本科植物的。

构 树

科 属：桑科 构属

变幻无常也是美丽

仲夏的蝉在高温中嘶鸣，丁家桥的窄巷地上有一片片的红印，那是构树的果被碾过，树上的橙红就这么瞬间成了一地的污。这些比杨梅略大的浆果味道甘平，无毒可食，我尝过几颗，但小鸟比我更能享受这样的美味。

• 植物生境（2018 年 11 月拍摄于丁家桥校区金川河畔）

古话说“谷田久废必生构”，一块地长期不用，就有构树长在那儿了，它对生长环境没有太多的要求。构树雌雄异株，春天还未长叶，就先各自开了花。雄花初时缩在一处，像黑黑的毛毛虫，逐渐长大伸展，状如柔荑花序垂坠成串，颜色也变成漂亮的青春绿。雌花如球，比果实略小，表面裹着一层细密的绒毛，以此增加授粉的概率。构树是强阳性树种，树冠阔大而能遮阴，叶片在幼时与成熟大树在形状上有所不同，变化较大。秋后绿色渐褪代以明黄，叶脉清晰，触感如天鹅绒。

• 果（2019 年 11 月拍摄于丁家桥校区金川河畔）

丁家桥校区地块狭长，金川河沿校园西侧自北向南蜿蜒而过，河的西边是南京早期的高档小区天福园。2019 年全市开始实行“河长制”，多管齐下，水质有所改善，岸上又植草木，辟为市民散步绿道。金川河岸边成行的垂柳在蓝天下轻摇慢摆，水面上经常停着一艘清理河道的小船，喷泉泛着白光，在净水台上浮生着水葫芦和蒲草，眼前的景象仿佛是以柳闻名的剑桥。柳荫旁就是绿荫如盖的构树，它的种子太多，又易生根发芽。正因如此，为防止它可能的贸然生长而破坏跑道，2020 年校区在河边建运动场时不得不将这棵大树伐倒了。想到漫画家几米在《向左走・向右走》中引用的辛波丝卡的诗句：“他们彼此深信是瞬间迸发的热情让他们相遇。这样的确定是美丽的，但变幻无常更为美丽。”我与构树的相遇就是如此吧。

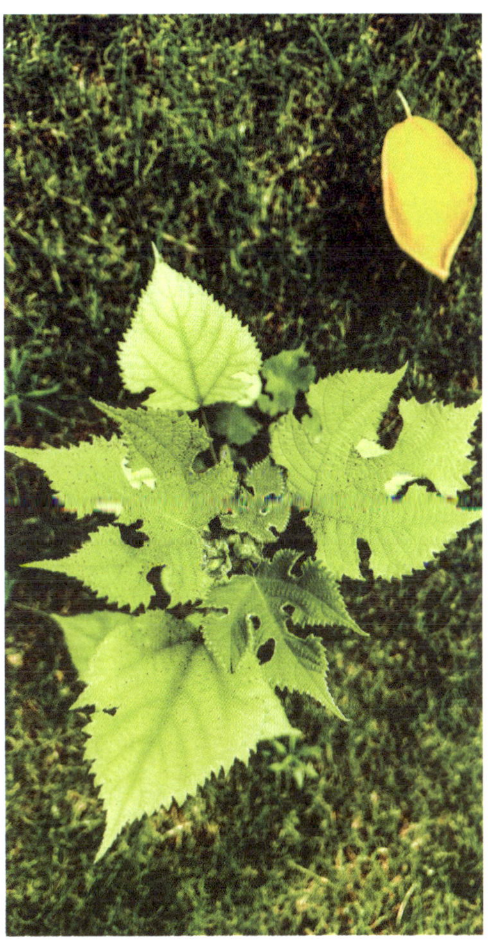

• 叶（2020 年 6 月拍摄于丁家桥校区金川河畔）

乌 桕

科 属: 大戟科 乌桕属

浮雕浓妆

这本书限于篇幅，在照片选择的过程中多是首选带有植物生境的全图以及具有观赏性的花叶细节图。而在乌桕这里，我放弃了它美丽的近景，选了三张大图，拍摄的是它的花叶果的不同时刻。在教学楼拍花的那张，蹲着的正是创作中的丛老师，为了获得更广的景致，很多照片都是以这般低的角度拍下的。两江西路的乌桕拍于 2018 年 12 月，浮雕效果是我为它化的浓妆，偶尔的浓墨重彩是我喜欢的，本色出镜的乌桕，乌的是成熟的果壳。它的叶也可作为黑色染料，染衣物。

乌桕是很美的观叶植物，它的秋叶之美不在枫之下。作为中国特有经济树种，乌桕有 1400 余年的栽种历史。我在湖区见到了乌桕的三重美丽：红与银白在致远廊的叶影和成熟的果实、绿在教学楼的花、黄在两江西路的叶。乌桕喜光，不耐寒，短期耐水湿，且长寿。江南曾大量种植乌桕，乌桕果实的白色假种皮可用于制作肥皂与蜡烛，所获不菲。如今蜡烛不常用，乌桕多供观赏了。

• 拍花（2021 年 6 月拍摄于九龙湖校区教学楼）

• 观叶（2021 年 11 月拍摄于九龙湖校区致远廊）

南京2015年举办了南京国际马拉松赛事，11月初，万人开跑，全城轰动。这条从奥体出发的线路，号称最美马拉松赛道，并非虚名。仅沿途经过的玄武门和神武路一段，满眼尽是银杏黄、乌桕红、栾树橙、合欢绿。站在城墙上，向左看是大片的湖光山色与水墨树影，向右看就是赛道上奔跑着的选手挥汗如雨。1910年举办的自镇江至南京的“长距离竞走”是中国的首次马拉松赛事，其终点——南洋劝业会纪念塔就在今天丁家桥校区运动场的附近。为表纪念，2019年南京国际马拉松赛事前，南京市体育局和东南大学在丁家桥校区运动场举办了“中国马拉松运动发祥地纪念标识设立仪式”。不久，校区外墙出现了由街道布置的关于南洋劝业会的连环画。1910年西风渐进，有识之士为振兴国家实业、开启民智，在南京轰轰烈烈举办了南洋劝业会，这是丁家桥曾经的浓墨重彩。

• 看果（2018年12月拍摄于九龙湖校区两江西路）

八角金盘

科　属：五加科　八角金盘属

• 植物生境（2018 年 11 月拍摄于九龙湖校区文科楼）

• 花（2021 年 12 月拍摄于四牌楼校区河海院）

• 叶（2018 年 3 月拍摄于四牌楼校区河海院）

琉璃杯盏

在八角金盘的生命周期中有三个特别时刻：一是立冬过后开花，球状的花如同可爱的雪绒球；二是遇到冰雪，它的球果在冰雪中分外晶莹；三是万物复苏的春天，它的枝一蹿尺余，如伞般打开后就是新的一节，初生的叶卷着边，表面光亮如金绿色的琉璃杯盏。

八角金盘作为常绿灌木在南京颇为常见，若非修剪可以长得超过一人高。河海院南边有一溜儿八角金盘，北边有一排齐整的水杉，地面是细密的麦冬，好一个宁静所在。水杉正逐渐变红，八角金盘开花了，它们同时迎来了自己生命中的高光时刻。从前人们以为菊花开后百花杀，其实还有茶梅和八角金盘，只是它们太小众，引不来观花的人潮罢了。

青石村小区外墙有一溜儿的八角金盘，我在上班途中每天都可以见到，终有一日它激发起我那“害死猫”的好奇心：八角（脚）这如同章鱼的名字，为何叫八角呢？我走近细数了它的叶片：初为 5 裂，渐大后为 7 裂，最多有 9 裂，在 9 个叶片之间果然是 8 个角，几何学意义上的角。看着眼前苏杰小学送孩子的车水马龙，我将拍到的花做了黑白效果，以纪念遥远的小学时代。

八角金盘的果实出现在翌年 3 月，色泽青绿如颗颗垒球蓄势待发，浆果在 5 月成熟全黑。此时有的叶子变黄坠落，真成了金叶金盘。

二球悬铃木

科　属：悬铃木科　悬铃木属

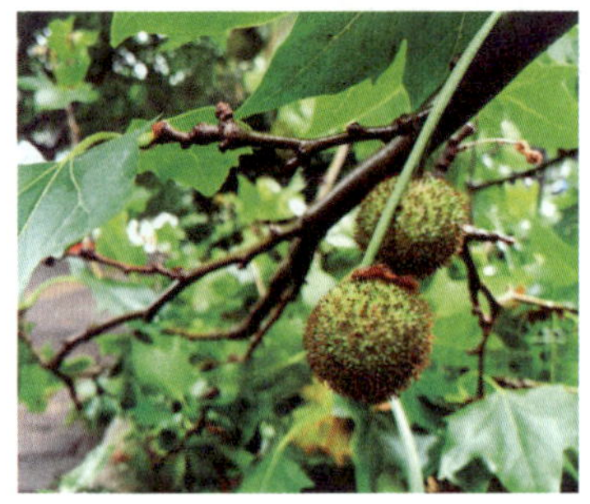

• 果（2020 年 6 月拍摄于丁家桥校区图书馆）

• 春（2020 年 4 月拍摄于四牌楼校区中央大道）

因为一种树　爱上一座城

特殊的天气能带来具有震撼感的图片，大雪对摄影师而言就是行动的号令。丛老师为了拍到大礼堂前二球悬铃木的冬景，一大早来到校园。低温中地面尤其湿滑，丛老师不慎摔了个大跟头，趴在地上好一阵没能爬起来。摔得如此严重，相机却保护得完好无损，摄影师都是爱相机超过自己！这样的劲头成就了本书含金量最高的图片：飞雪中在大礼堂前熠熠生辉的二球悬铃木。

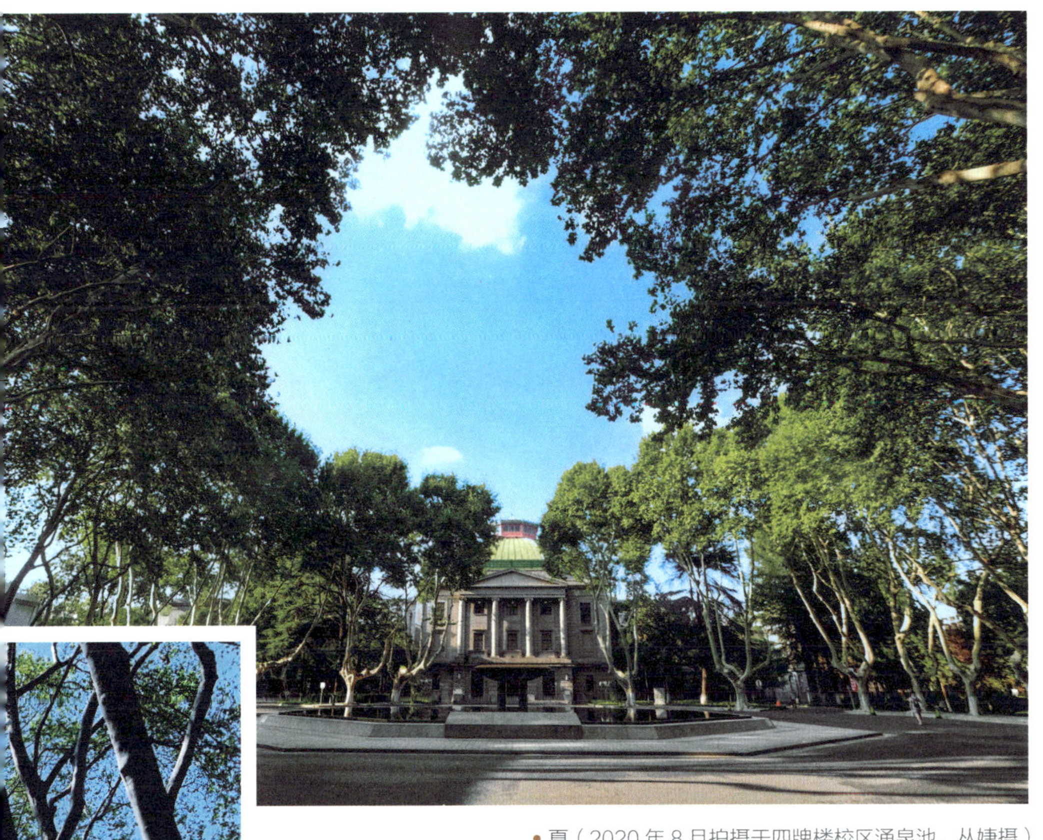

• 夏（2020 年 8 月拍摄于四牌楼校区涌泉池，丛婕摄）

南京主城区现有行道树 43.8 万株，其中法桐（悬铃木）近 9 万株（数据来自 2020 年 11 月 27 日《南京日报》A7 版《我市首次冬季启动法桐大规模修剪》），有街巷的地方便能看到它的身影。因其叶大荫浓，老百姓将我国的乡土植物梧桐树与之相混，张冠李戴数十载；因它早期从上海法租界引种而来，了解这段过程的人呼其为“法桐”。南京的悬铃木大多是二球悬铃木，它由三球悬铃木（原产于印度）与一球悬铃木（原产于美洲）在英国杂交而成。树龄近百年的多在中山大道和东郊，为 1928 年迎接孙中山先生奉安大典而种，

• 秋（2019 年 11 月拍摄于四牌楼校区体育馆）

当时种植了约有 2 万棵，现存 2 千余棵，很是珍贵。听了它的故事，你想怎样称呼这棵树呢？

南京素有火炉之称，悬铃木形成的庞大绿廊遮住了艳阳，它的四季之美与其春天令人烦恼的飞絮一并刻进了南京人的生活，成为南京人生命的一部分。初来南京的外地人惊异于它的气宇轩昂和悠久历史，因为这种树爱上这座城，悬铃木已是南京的一张文化名片。作为城市绿化的一部分，南京的十几所高校都有悬铃木大道，人称“中央大学风格”，但能带来视觉震撼、令人过目不忘的只在东南大学。开阔的视线、多处文物级民国建筑与学校四百余棵悬铃木交相呼应，它的壮观

不仅让每一位访者驻足，更吸引了众多导演：《建国大业》《人民的名义》等影视作品都在四牌楼校区取景，涌泉池已是众多影迷的打卡地。每到毕业季，学生们穿上五四时期的服装拍照留念，看着那一道道年轻的身影，不禁有时光穿梭之感。

• 冬（2013 年 2 月拍摄于四牌楼校区大礼堂，丛婕摄）

枇 杷

科 属：蔷薇科 枇杷属

• 花（2016 年 11 月拍摄于丁家桥校区中心花园）

一起去打果子

中大医院门诊楼曾有窄巷通往马台街，步行出入校区的人常常可以从那抄近路。在低矮平房周围有限的空间里，爱花人不知何时栽种了丰富的花草，爬山虎在雨后的翩跹舞姿，紫红美人蕉的浓烈叶色，芭蕉垂坠的厚重花苞，龙爪槐清新的花香，睡莲的花蕊在花期里的逐渐变化……我留意这些植物的生长过程全在这条小巷以及小巷附近的内科楼花园。如今，它们以及那些植物都已成为过往。

我初次闻到枇杷的花香就在 2016 年入冬后的这条小巷中。从前只对枇杷甜美的果实有印象，大学时在丁家桥校区基一楼的二楼上病理实验课，楼下有大片的枇杷树，时常有男同学课后去打果子，有的老师看不下去，吓唬道："树都打了农药的不能吃。"即便如此，仍是阻止不了蠢蠢欲动的青年。如今终于看到了枇杷的花，顺道回忆起上学的时光。女儿将我为她拍的枇杷树下的照片设为校园卡的头像，巧啊，枇杷的花语代表的正是远方的思念。

枇杷原产于我国东南部，因叶形似琵琶而得名。它是独具四时的嘉木：秋蕾冬花，春实夏果。枝叶和花萼都有些毛糙，花虽平实，但因其香甜可做蜜源。枇杷叶晒干后可入药，是大名鼎鼎的“川贝枇杷膏”的重要原材料之一。枇杷按果肉颜色分为红沙与白沙，苏州西山的青种枇杷和东山的白玉枇杷都是著名品种。枇杷因其美好的田园寓意成为国画的经典题材，吴昌硕、齐白石、王雪涛各有演绎，我在他们的画中借鉴摄影构图，也由此开始欣赏国画中蕴含的传统文化之美。

• 果（2018 年 5 月拍摄于丁家桥校区中心花园）

• 植物生境（2018 年 5 月拍摄于丁家桥校区中心花园）

银 杏

科 属：银杏科 银杏属

穿越2亿年的约会

“下雨逢礼拜”是南京一怪。周末难得一片蓝天，我临时决定奔向湖区赴植物之约，行政楼的溧阳香樟、中央大道的银杏以及两江西路的南京校友雪松都在翘首以盼。中央大道的银杏大树因移栽而来，为保成活枝叶多被修剪，全是“小平头”，好在尚可结果。文科楼北有百余棵小树组成的银杏林，它们树龄尚幼，但适应力强，幸运地保住了一棵树的自然样貌。迷醉于林子里满目的金黄，真想在里面打滚儿。不过，人还未放肆一滚，金黄的银杏叶们却先跑了。2020年为盖新楼，那片林里

• 植物生境（2018年11月拍摄于九龙湖校区文科楼北）

植物生境（2018 年 11 月拍摄于九龙湖校区图书馆）

的树化整为零，分散到校园的各个角落了。

没法在湖区继续约会，我便“思秦暮楚”。四牌楼校区图书馆前也有银杏，坐在图书馆的咖啡吧里，看它们与油绿的草坪、鸡爪槭的红叶形成鲜明的对比，秋日的浓彩如杯中的咖啡。礼西路附近也有银杏，那是孩子们的乐园，幼儿园的小朋友放学后抓着树叶你追我跑，爷爷奶奶在附近的水杉下聊天。其实，我也不必见异思迁、舍近求远，丁家桥校区就有高大的银杏树。综合楼西侧的两棵银杏树姿雄伟，结果时我还曾见一只白猫在树下逡巡。

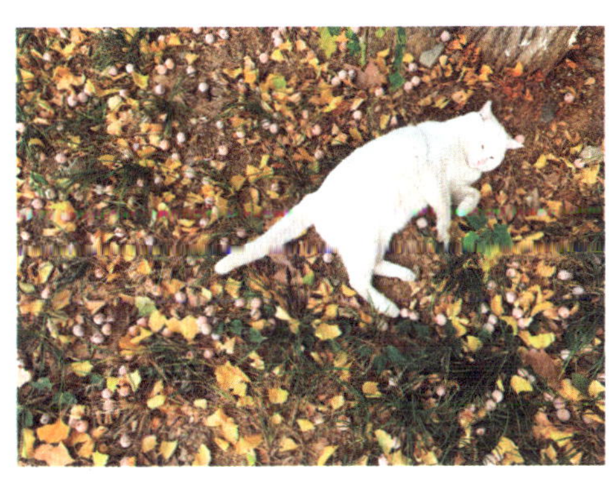

白猫与落果（2019 年 11 月拍摄于丁家桥校区综合楼）

南京古树名木中有很多银杏树，清凉山银杏谷、玄武湖梁洲、栖霞寺、汤山、南京师范大学，甚至水西门的拐角都能邂逅银杏树，它们带着 2 亿年的进化秘密来到了今天与你相会，且行且珍惜。

地 锦

科 属: 葡萄科 地锦属

• 花（2021 年 6 月拍摄于丁家桥校区老干部楼）

爬山的老虎

细雨之后，地锦初生的小叶成了承接雨水的微小容器，风中轻摇，开始了那叶与叶关于色彩的对白。面对地锦创造的图案，你的构图想象力得到了锻炼的机会。

地锦的别名，爬山虎，更广为人知，它几乎是仅次于凌霄的攀缘高手，多用于垂直绿化。四牌楼校区的榴园、结构试验室、丁家桥校区基一楼都遍布着它，横着、竖着、斜着，或连片、或连线，尽情铺陈立体的画面。那翩翩的绿叶与“老虎脚”在叶圣陶的笔下都得到了颇为细致生动的描述。

我与地锦的相遇，在东南大学附属中大医院通往马台街的小路上。低矮的平房，陈旧的钢丝铁窗外大片的黄绿叶子，似风的舞裙，在新与旧中形成了对比。寒露之后，叶子渐渐由黄而橙，大大小小地连成串。一场秋雨，虽凉却润，让那绿的更绿，红的更红。细看看，爬山虎竟是会变身的，不但变色，而且变形。初生的叶子是广卵形，长大后分出两三裂，其大如掌。它的花是微小的绿花蕾，果实展现着葡萄科植物的特性，由绿渐熟为紫黑色的浆果。爬山虎的吸盘也十分引人注目，初是鲜嫩的微红，如婴儿的小手紧紧地抱着母亲的臂，牢牢地吸附着墙面。深秋后，即便逐渐干枯了，“虎脚”仍残留在墙上，一个个的小黑点，似顽皮的学生甩出的墨点，也似一排轻轻走过的脚步，在窗的周围描绘出抽象的黑白图景，引人寻味时光的流逝。

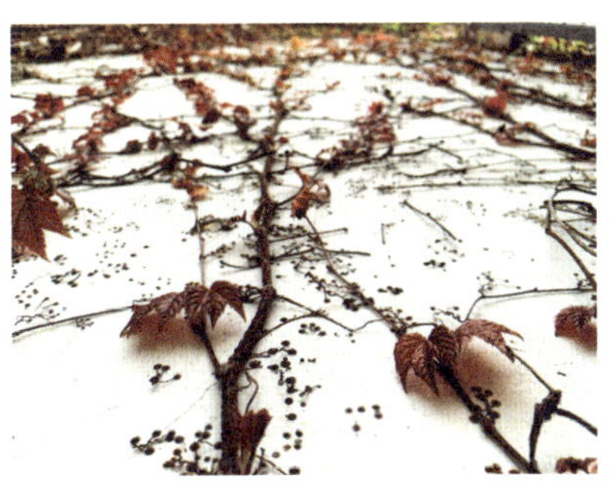

• 爬藤（2021 年 3 月拍摄于丁家桥校区基一楼）

• 植物生境（2018 年 4 月拍摄于丁家桥校区基一楼）

枫 香

科 属：蕈树科 枫香树属

15 摄氏度以下

气温降到 15 摄氏度以下，南京的彩叶大军才姗姗而来。9 月中旬，栾树的蒴果变成焦糖色挂满枝头；石榴叶紧随其后透出了宝石红；柿子树色彩浓郁，夜晚也十分迷人；广玉兰的落叶不多，每一片都像新鲜出炉的面包，烤好后又刷了蛋液；绚烂的悬

• 植物生境（2019 年 12 月拍摄于九龙湖校区梅园食堂）

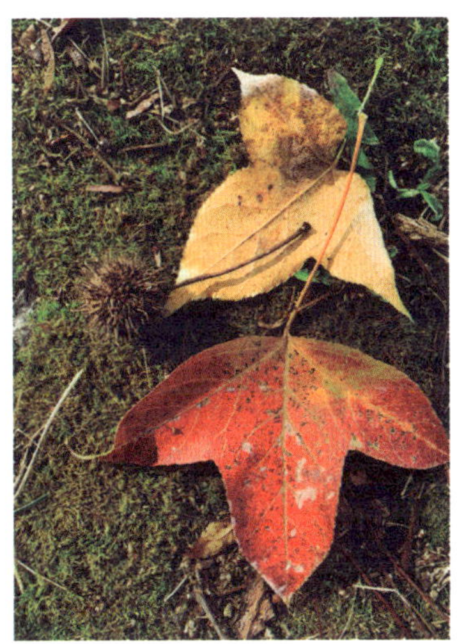

• 落叶与果实（2019 年 12 月拍摄于九龙湖校区梅园食堂）

• 植物生境（2019 年 12 月拍摄于四牌楼校区健雄院）

铃木与明黄的加杨竞逐；金灿灿的银杏叶与暖红的鸡爪槭相伴；水边的池杉、落羽杉和水杉够人看上半日；小众的晚樱模仿着柿子红；紫叶李的浆果仍是紫红的暗调；石楠、火棘、冬青、枸骨和湖北海棠，以鲜艳的红果为秋日添彩。

枫香树也是秋季观赏树种之一。我初见枫香树是在山西路军人俱乐部，初识时将枫香树误以为是悬铃木。枫香树色彩更浓，集绿、黄、棕、红于一身，单粒的果实如煤球，叶掌状三裂，比三角枫的叶大些。四牌楼校区健雄院门前的枫香树挺拔高大，与周围的墨杉、圆柏、玉兰为邻，颇具雄伟气度。九龙湖校区梅园食堂外也有三棵，树龄不大，但秋叶红透时极引人注目。天地有大美而不言，枫香树蕴含的生机与力量就是树之大美吧。

意 杨

科　属：杨柳科　杨属

• 叶（2019 年 12 月拍摄于九龙湖校区南高西路）

• 植物生境（2021 年 11 月拍摄于九龙湖校区南高南路）

• 植物生境（2019 年 12 月拍摄于九龙湖校区南高西路）

400 米直线跑道

你在操场上跑过 400 米的标准椭圆形赛道，想不想尝试一下 400 米的直线赛道？来湖区吧。从西门经过小段的弯路，进入南高西路北段，往九龙湖宾馆方向走去，就能看到一条极美、极静、极明媚的 400 米直线跑道，风景级的赛道。参加学校 2019 年人事会议时意外发现了这处美景。那天清晨格外晴朗，一切皆以最完美的样子呈现在眼前：湛蓝的天与明黄的叶，笔直而高大的意杨如卫兵般分列道旁，黄透了的叶在风中沙沙作响，足以激发出我对杨树的喜爱。从身边最近的一棵开始，逐渐往深处望，这段路仿佛没有尽头，400 米或许 500 米也未可知。周围没有第二个人，只有自己独享一切。哦，不对，还有喜鹊，我的到来让它们错愕地从灌木丛中匆忙起飞，看着那呼啦啦的飞行编队，我便也笑了，甚至想放下背包跟着它们跑。这样的心境是在硕大的湖区独有的，广袤的校园能给人开阔的胸襟和豪迈的气概！

如果说杨树代表着阳刚之气，那么 200 米以外的女贞道便代表着柔和之美，夏日清香中漫步也是一种享受。

九龙湖校区三环南高路最初皆以意杨为行道树，2021 年校园绿化升级，这些意杨因飘絮多、枝条易落而被伐去，不知哪个树种将替代它们。

鲜花地毯

喜欢地毯吗？走上去温暖又舒适的感觉，谁能不爱呢。今天为您呈现的是一块特别的地毯，它由鲜花织就，又大又奇，还散发着天然的清新气息，走上去就是春天的感觉。红花酢浆草、白花车轴草、紫云英、黄鹌菜、宝盖草、紫花地丁、蒲公英、野豌豆、一年蓬、诸葛菜、苦苣菜、泥胡菜、泽漆、蓟、荠、阿拉伯婆婆纳、夏天无、泽珍珠菜、打碗花、南苜蓿……单是看着这些名字，你便知道这块地毯的与众不同了。它们铺陈在九龙湖校区占地3750余亩的开阔校园里，就在我们的脚下，就在我们的眼中。

迎着朝露，带着花香，鲜花地毯分散在行政楼前清新的大岛樱下、后勤楼外落花的碧桃树下、两江北路码头的柳树垂荫中。它们伏在地上，朴实无华，当你俯下身来，这个平凡的世界就呈现出另一番精致的画面：宝盖草似起舞的芭蕾女郎；阿拉伯婆婆

• 百日草花海（2020年10月，以手机全景模式拍摄于两江西路）

• 植物生境（2016 年 3 月拍摄于九龙湖校区大草坪，雷蕾摄）

纳的雄蕊如京剧旦角的头饰；南苜蓿的黄花又好像是穿了黄衣的蝴蝶；细密如团的红花酢浆草翻滚起来极易产生视觉错乱；苦苣菜的红茎让你想将它用来染衣，又怕被那带“锯齿”的叶刮伤了手；球序卷耳最是呆萌，让人想去摸摸……

俏丽地开、悄然地落，这些匍匐的小花大多只有一年的生命，它们看似随意的洒落，成就了我们脚边的美丽。林清玄说：“虽然我知道人永远跑不过时间，但是可以比原来跑快一步。”时光的流逝，令人着急、害怕，甚至有些悲伤，一种说不出的滋味。没关系，来鲜花地毯上走走吧，广袤的大地将给予你力量，让你拥有跑赢时间的动力与快乐。

耕读园

• 栽种花草的学生（图片来自 2019 年 11 月 01 日“东南学工家”官方微信号）

属于心的一片田

久闻湖区有片耕读园，但因地处校区东北角，前往不便，每每在匆忙中错过。2019 年 11 月专程去湖区一睹其真容，2021 年 6 月再去，所见又是不同。

耕读园的名字源于“耕以养身，读以明道”，在校友企业南京三宝科技集团的支持下于 2014 年 11 月开园，现有 50 多个小花园。作为学生劳动实践项目，它免费为学生提供种子，进驻的学生团队在 10~15 平方米的地块上每年可自由选择品种，在耕种的过程中亲近自然。

我在秋季的耕读园内见过丰润的大红菊、明艳的黄菊、鲜嫩的粉月季以及浅橘色的大丽花，还有紫色的鼠尾草、蓝星星般的萼距花、柿红的硬骨凌霄与蓝紫的翠芦莉。整片花园依坡而建，视野开阔，生机勃勃，每一块小花田的角落里都竖着详细说明的牌子。

夏季到访的时候天气有些阴沉，所遇植物都有了不小的变化。整体看上去没有两年前那么齐整，远望甚至有点乱，但近观却不乏细节之美。黑种草的果实、野胡萝卜的花、直立的鼠

• 深蓝鼠尾草（2021 年 6 月，此时耕读园多栽以鼠尾草、黑种草、矢车菊、野胡萝卜、苹果等）

尾草和矢车菊的花丛尤其令人印象深刻，野燕麦、萱草、蜀葵、一年蓬也有残花，而苹果、野山楂、紫藤则果实丰厚，看着让人心生喜悦。

拿起钉耙、铲子去翻地播种的学生，若是注意观察枝芽、花蕾、果实的变化，他们的收获将是由外而内的，耕读园提供的不仅是栽种花的地，更是明朗心的田。

• 植物生境（2019 年 11 月，此时耕读园栽有大丽花、萼距花、硬骨凌霄、菊花等）

东南大学校园植物简介

六朝宫苑寻嘉木

四牌楼校区位于玄武区，东枕钟山，西临鼓楼，北与玄武湖、鸡鸣寺、明城墙解放门近在咫尺，山湖掩映，万木竞翠。校园占地面积210余亩，布局方正，是六朝宫苑的遗址，也是明朝国子监所在地。作为国立中央大学旧址，现有20世纪二三十年代的历史建筑多处，是中国近现代校园规划的杰出代表。

校内大树林立，嘉木众多。四百余棵高达30米的二球悬铃木作为行道树，民国风格尽显。六朝松（1500余年）、鸡爪槭（123年）、墨西哥落羽杉（96年）皆为南京市园林局古树名木。六朝松相传为南北朝时期梁武帝亲手栽种，至今仍每年开花结果；两棵鸡爪槭在健雄院门前，树姿优美，色彩多变；墨西哥落羽杉为中国现存最早、树龄最大的墨西哥落羽杉，也是中国特有杂交树种东方杉以及中山杉的亲本植株。

大礼堂雪松、龙柏、生科院水杉、梅庵白玉兰、五四楼麻栎、（南京东南大学）出版社三角槭、健雄院枫香、礼西路加杨、东南院枫杨、图书馆银杏等大树参天挺立。小乔木中蔷薇科植物占有优势，礼东花园晚樱普贤象和御衣黄、逸夫建筑馆日本晚樱、中大院垂丝海棠，形成繁花似锦的春季胜景。此外，榴园石榴、老图书馆蜡梅、桃李园紫藤、中心楼夹竹桃、中山院桂花、中大院棕榈、老图书馆溲疏、南高院大花绣球、吴健雄纪念馆黄金树、动力楼榔榆等亦与周围建筑形成景观。

近年来，多部影视剧在校内拍摄，四牌楼校区已成为年轻人追寻民国风情的网红打卡地。

自然野趣草木丰

九龙湖校区地处城南江宁开发区，占地3750余亩，视野开阔，是一座富有青春活力、四季生机盎然的校园。校内建筑大多统一为民国风的灰调，传承国立中央大学诚朴雄伟的历史文化底蕴，体现简约朴实、凝练庄重的风格。校园由农田征地而来，自2006年9月启用后，一直富有自然田园之趣。

早春的草坪上可以挖野菜；四月的行政楼前能够摘槐花，清炒或烹茶都是春季美味；端午时节，图书馆前的芦苇叶子可以摘来包粽子，味道清香至极；中秋前后，文科楼的紫叶李结满通红的果实，尝一颗足以酸掉牙，但仍是让人回味无穷；秋天的两江西路，无患子如桂圆大小的青果纷纷坠落，果核可以展现工科男的优势，在机床上加工出江南菩提手串，绝对是私人订制版；三环南高路直立着意杨，每到深秋，叶子渐黄，枝叶在风中沙沙作响，你走在其中周遭无人，望着那400米直线跑道的另一端，情不自禁就想跑起来，你的声响却惊扰了林地里的鸽子，它们呼啦啦瞬间起飞，一晃便将你甩在身后。花香总伴着鸟语，200多亩的水面上野鸭不时浮现；图书馆前盛夏绽放的紫薇花中有灰喜鹊的倩影；初秋的戴胜在优雅地散步，它独特的头冠让人过目不忘。

随着宿迁玫瑰园、樱花林、苏铁园、鸢尾坡、耕读园、致远廊的陆续建成，校园人文气息逐渐浓厚。九曲桥下的荷池让人想到朱自清的荷塘月色，纪忠楼外的垂柳则有着欧阳修笔下的春空之境，梅园也随着植树节的多年栽种而更有规模。九龙湖已是名副其实的生态园中的大学，每一次徜徉都有新的发现。

南洋旧址隐奇葩

与大气磅礴的九龙湖校区、民国风情的四牌楼校区相比，丁家桥校区是城市中心地带的一片小巧校园，它南北向地块狭长，与东南大学附属中大医院相连，只有176亩。校区所在位置曾是南洋劝业会旧址、中国马拉松运动的发源地、原国立中央大学医学院旧址。现有驻区单位包括东南大学医学院、东南大学公共卫生学院、东南大学附属中大医院和东南大学海外教育学院等，常住学生2300余人。

南京著名河流之一的金川河，从马台街沿校区西侧蜿蜒向北，直至新模范马路。校区也因这条河水而灵动，形成一河（金川河）、一道（中央大道）、一园（寿南庭园）的绿化布局。红花檵木、垂丝海棠、枇杷、雪松为校区特色景观植物。据初步统计，校内现有开花植物百余种，除江南常见树种外，尚有一些较为罕见的奇葩，如晚樱普贤象、山梅花、荚蒾、小蜡、雪柳、日本五针松。2012年，经园林专家鉴定，校区内的罗汉松、丁香、白玉兰皆为生长近百年的老树。悬铃木、雪松、水杉、广玉兰、山樱、红花檵木、石楠、日本晚樱、石楠等植物也有一定生长年代，树龄在60~80年。

四牌楼校区赏花月历（十二景）

1 月老图书馆
蜡梅飞雪

2 月前工院
早樱问窗

3 月健雄院
落羽嘉木

4 月图书馆
溲疏晓白

5 月桃李园
榴花点翠

6 月南高院
绣球华彩

7 月中心楼
竹桃双照

8 月六朝苑
六朝松韵

9 月礼西花园
书苑桂香

10 月河海院
杉林氧吧

11 月校史馆
法桐挚爱

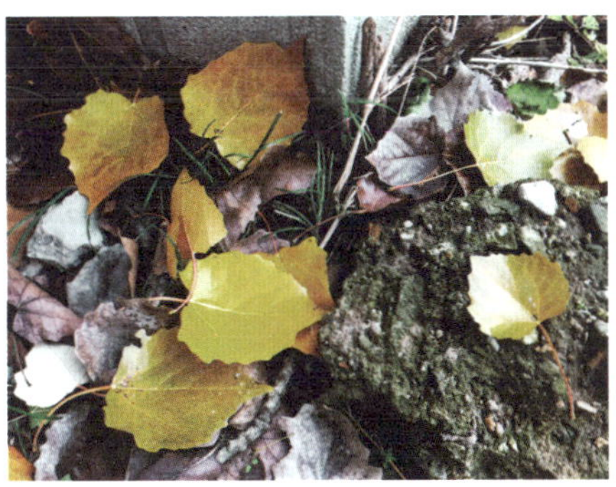

12 月体育场
加杨树叶

九龙湖校区赏花月历（十二景）

1 月大草坪
鲜花地毯

2 月梅园
梅园暗香

3 月湖西码头
西桥柳翠

4 月两江南路
马褂花隐

5 月宿迁玫瑰园
多彩瑰园

6 月文科楼
水湾丝桃

7 月南工路
合欢愿夏

8 月图书馆
九曲揽荷

9 月桃园
栾树映秋

10 月中央大道
银杏灿金

11 月两江西路
江南菩提

12 月南高西路
意杨赛道

丁家桥校区赏花月历（十二景）

1月基一楼
瑞雪松洁

2月生医实验室
兰楼海棠

3月图书馆
晚樱双娇

4月寿南庭院
红花檵木

5月科技会堂
南国棕榈

6月纪念鼎
小蜡鼎甲

7 月医林餐厅
凌霄竞日

8 月基一楼
地锦霞绿

9 月[illegible]
缤果罗汉

10 月[illegible]
金川雪柳

11 月杏林大道
枇杷晚翠

12 月运动场
蜡梅香冷

那些有关植物的漂亮的书

南京山西路军人俱乐部曾有长三角书市，那是我最初开始翻看和购买植物相关书籍的地方。花花绿绿很好看，但书越来越贵，渐渐就不买了，开始在东南大学的图书馆里借书看，东南大学是我工作的地方，咫尺之遥，甚是方便。一排排的铁架上放着千余本有关植物的书，我常常是看了书脊和书名，便抽取出精装本的书，单单瞧着那些封面就已获得美的瞬间享受。植物的世界不但光影变幻，关于它们的文字描述更带来想象的空间，让人领略植物的智慧。我怀着当时翻看的兴奋和喜悦将它们分享。

[1] 许智宏，顾红雅 . 燕园草木 [M] . 北京：北京大学出版社，2011.
最初读到的关于大学校园的植物图书，图文皆美，堪称典范。
[2] 陶隽超 . 脚边的美丽：树 [M] . 北京：中国林业出版社，2018.
很多江南植物都是从此书中了解的，比如榔榆、女贞、梅。
[3] 克雷斯，舍伍德 . 植物进化的艺术 [M] . 陈伟，译 . 北京：北京科学技术出版社，2017.
书中尽是邱园的珍藏，在植物画的艺术美中阐述植物进化的过程，几乎想要自购一本。
[4] 西藏户外协会，罗浩 . 美丽的绽放：喜马拉雅山脉的特有花卉 [M] . 北京：北京出版社，2019.
一直想去西藏，看到这本，决定先锻炼身体。
[5] 陈重明 . 民族植物与文化 [M] . 南京：东南大学出版社，2004.
虽然没有一张图，但它的文字能告诉读者乡土植物的重要与实用价值。
[6] 加德纳 C M，加德纳 B G. 丝路之花 [M] . 刘夙，译 . 北京：人民邮电出版社，2019.
作者来自土耳其，靠着十余次行走丝绸之路的经历积累了大量野花的图片，每一帧都展现出异域花卉的美。
[7] 年高 . 四季啊，慢慢走：北京自然笔记 [M] . 北京：生活书店出版有限公司，2017.
将国画的构图与水彩的技法相结合，手绘作品竟可以如此清丽！
[8] 王国良 . 中国古老月季 [M] . 北京：科学出版社，2015.

极为厚重的一本大书，细说中国传统的月季花，读后终于大略分清玫瑰、月季和蔷薇的差别。

［9］黄丽锦．野花 999［M］．北京：商务印书馆，2016.

颇为精致的一本小书，作者解说了很多植物趣事。

［10］赵世伟，齐志坚．桃源秀色：漫步北京植物园［M］．北京：中国林业出版社，2016.

众多摄影师的佳作合集，令人仿佛亲历北京植物园的四季。

［11］王辰．城市野花：精华版口袋书［M］．北京：北京大学出版社，2019.

野花在镜头中的美，无以复加。

［12］索尔特．科学之美：显微镜下的植物［M］．刘夙，译．北京：北京大学出版社，2020.

光学显微镜下令人震惊的另一个世界，大自然的装配实在太神奇了！

［13］萨斯曼．世界上最老最老的生命［M］．刘夙，译．北京：北京大学出版社，2016.

从 2000 岁到 600000 岁，是的，没看错，植物竟能活那么久。

［14］克拉克．羽毛：鸟类闪耀的风采［M］．李祖凰，译．北京：电子工业出版社，2018.

为写前言而无意读到的书。花香伴着鸟语，鸟类图书也在植物图书附近。它不但呈现了羽毛的华丽，更展现出装帧的精致。

［15］JOJO．爱上自然风［M］．北京：中国林业出版社，2017.

插花是植物的第二次生命，这本书汇集了来自全国各地的精品花店图片。看过此书再看欧式和日式风格，便能胸有沟壑。

［16］吴卫东．闲花野草［M］．南京：东南大学出版社，2001.

一部讲述城墙野花的诗集与画册，封面都被翻丢了，可见其好。

后 记

2017 游记：
康提城的湖景留在笔尖

2018 奇葩：
炮弹树的花艳丽至极

2019 景观：
冬日的芦苇如同幻境

2016 化妆：
略微调色的木槿落花

发现身边植物之美

这是一段漫长的岁月
从花开启的观察
在无数次的邂逅中
成就一种生活方式
柔和、力量、生机……
将我无的，变成所有

2007 观花：
母亲节的金丝桃很迷人

2008 拾叶：
蜡梅、水杉与法桐的落叶

2009 品果：
罗汉松的肉质种托微

020 等待：
冬于见到白皮松的果实

2021 消逝：
八角金盘在黑白中留言

2022 身边：
当年才去赏明孝陵蜡梅

015 诗歌：
白居易曾三作紫薇诗

2014 绘画：
这样的构树像水彩画吗

2013 散文：
三毛的诗写在加杨树叶上

010 闻香：
巴香樟的果实剥开来

2011 触枝：
榔榆树干让人想到非洲

2012 音符：
生如夏花的合唱很动人

致 谢

感谢家人的鼎力支持和朋友们的鼓励，是你们让我下定决心将十五年来的观花所得印成一本可以拿在手里的书，这是我想给植物的回馈以及对美丽校园的分享。

时巨涛教授受丛婕老师之托，对书稿内容进行了初步审读。时老师历任东南大学校办主任、经管学院党委书记、党委宣传部部长等职，对学校近 40 年的发展如数家珍。四牌楼校区榴园宾馆与楼下石榴树的来历、各栋楼宇题字由鲁迅手稿拓印而来，这些故事让我感到校园文化无处不在。

这本书共有照片 260 余张，其中近 60 张为东南大学党委宣传部丛婕老师友情提供。作为江苏省摄影协会会员，丛婕老师优雅简洁的摄影作品令这本书平添宝贵的专业视角。她给予我的指导也令我如沐春风，受益良多。此外，东南大学图书馆雷蕾、人事处刘明芬两位老师亦是爱花之人，她们不时与我交流植物信息，听闻我在整理校园花草，便一路盯着盼着，并为我敞开她们的摄影图库。此书若有机会再版，或者继续刊出灌木、草本系列，我思忖着将她们和学校摄影协会中几位老师的图片一并吸纳，如此可以让读者领略到不同的植物摄影风格。

2021 年初稿完成后，曾约请东南大学艺术学院张志贤副教授为之装帧设计。张老师作为东南大学校徽等一系列视觉形象的主要设计者，在翻看全稿后于百忙之中，匆匆月余，给出 32 开横版小样，虽只有十页，但让我感受到这本书的可能样貌。

在后期的出版接洽中，舍弟和中国财富出版社李彩琴、杨白雪给予我不少帮助，他们将我对阅读的各种体验和新奇设想逐一落实到一本书装帧的每个细节。前言拟稿时，女儿亦给了我很好的建议，她是年轻的一代，视角独特，思维开阔。

如此这般，《六朝松下百花谱》终于得以付梓。